判罪

八張傳票背後的人性糾結

鄧湘全　著

推薦序

兩種公平正義

——李茂生 臺灣大學法律學院教授

痞子又出書了。這本書與以前寫的書有點不同。以前痞子寫了法律相關的書，例如討論刑法第三〇九條公然侮辱罪定罪標準是如何荒唐的書（《失控的309》），或者也寫了與法律無多大關係而是討論男女感情、夫妻、家庭等哲理基礎的書（《外遇森林：律師的婚姻哲學》），不過這次不一樣了，他把多年來從事律師業務的所見所聞，重行整編成故事，然後一一娓娓道來，看起來就像是短篇小說集。不過這只是表面而已。

首先來談第一個特色。這本書不是虛構的推理或懸疑小說，而是痞子多年來執業的經驗，所以讀起來就有種「生臭い」的感覺。「生臭い」這個日文很難翻譯，直譯起來就是腥羶味，但是在這裡並不指這個意思，而是說這本書中的小故事，並不是用來宣揚教義、隱惡揚善、道德勸說，而是充滿了人生中諸種人際無奈、感情糾結、功利精算的味道，真實感十足。那麼難道這就是所謂的人生八卦總結，其實又不是這樣。這牽涉到本書的第二個特色。

有些律師寫這類的書，除了藉著故事表達一些法律概念外，通常多會隱含著勸人為善不要作惡的訓誡，但是痞子的這本書並不是這樣，所以才會和一般市售的律師所著的「文學作品」不太一樣。痞子的這本書所表達的是法律縱然表面號稱公平正義，也就是說法律表面上被視為達成公平正義的道具，但事實上卻不是如此。一件事情有非常多樣的社會關連，而法律則是抽出其中能用法律解決的層面，將社會事實化約為法律事實，然後用法律裁處下去。如果事實認定與法條解釋運用（以法律術語來說，叫做涵攝）妥當，基本上就法律的層面而言，這就已經達成「法律上的公平正義」，或叫做已達成「法律人眼中的公平正義」（未能達成法律上公平正義的故事，就在本書的〈金議員〉這個橋段中）。

然而，當事人、社會一般大眾或甚至媒體等，並沒有受過這類的訓練，不知道如何切割社會事實與法律事實，於是摻雜著多樣的社會觀察角度來看法院的判決，如果判決無法滿足社會大眾等人素樸的公平正義感覺，當然就會批評法官為恐龍法官或批評該判決為恐龍判決。原來法律的公平正義與世俗的公平正義其實內容上是不一樣的（本書中強烈表達出這個意涵的是〈天堂的孩子〉這篇故事）。這也難怪一旦司法高層要求各級法院要「接地氣、符合民意」時，許多迎合高層指令的法院判決會被一些法律人罵臭頭，稱此類判決為「民粹主義下的產物」，因為許多這類判決都違背了法律原則（或者說超譯了法律條文）。

◇

痞子在大學以及研究所受教於我的時候，我早就告訴他兩種公平正義的不同，且勉勵他作為一個法律人應該執著於法律上的公平正義。除此之外，我也以身教告訴他，平素應該做些有意義的社會活動，盡可能避免民眾涉訟，因為只要一涉訟，那麼事件的社會關連就會被割捨。我在教學上確實是切割了兩種的正義，而且很明顯地偏向法律的公平正義，僅在行有餘力時，勸勉學子不要將自己鎖在法律的領域內，而應該將眼界放寬，看看這個世間實質上的悲哀，進而盡自己作為一個社會人應盡的責任。

當然啦，我也不是沒有努力在法律的境界實現兩種公平正義的達成。例如我涉入頗深的少年事件處理法，於這個法律中我就嘗試要法律或執法者去理解任何一件少年犯罪事件中所牽涉到的法律外事實，嘗試去協助犯罪少年能夠在少年司法的審理中汲取教訓、獲取資源，進而更生。但是這終究僅是少數的、邊緣性法律實務，我不會去強求一般成人刑事司法中被神聖化的「修復性司法」（在刑事司法中儘可能達成加害人、被害人與社會間和解的要求）。這點充分表現出我悲觀的人世觀，與處事的消極。

我可以藉口說因為我沒有實務經驗，所以沒辦法空口說白話，要求不可能達成的任務。痞子受教於我，理應傳承了這種悲觀的厭世觀。不過，顯然他與眾不同的人生經歷、實務經驗或甚至於幼時家教等，創造了他獨一無二的人生觀以及司法實務，遠遠超過我的教導。我永遠記得回國的第一年在夜間部教少年事件處理法時，那位穿著騎摩托車用的擋風皮衣，拿著全罩式安全帽，匆匆趕到教室上課的這位日間部同學；說實在話，當年的他真的是不討喜。下課時，拉著我不放問個不停，根本沒有查知我已經忙了一整天，累翻了，只想休息，心中罵得要死，還要裝著一副誨人不倦優良教師形象的痛苦。只不過，多年後，沒想到他將我只能壓縮到少年事件處理法的理念，實踐到一般的成人刑事案件或甚至於民事調解事件中。看到這種成果，我也只能說青出於藍，或者說當年種下的種子現在已經開花。藉此聊慰失意。

◇

痞子到底做了什麼？他在刑事案件中儘可能要求法院減輕刑罰、減輕受刑的惡害，然後將自己當成媒介，維護了犯罪者的既有人際關係，促成其更生。

八篇短篇故事中，最令我感傷的是〈天堂的孩子〉，但是最令我感到安慰的卻是〈殺妻者〉。最令我感到倒彈的是最後一篇的〈屍骨〉，不過雙方都死了，那也無可奈何。

於此，我不一一介紹這八篇短文，這是沒有意義的。看完這八篇，每一位讀者應該都會有不同的感受。我只是負責告訴讀者，讀這八篇故事時，可以怎麼去想事情，如何透過這本書嘗試去改變自己的人生觀或觀察社會的角度。書本有自己的生命，與作者無關，更與推薦者無關，讓書本擁有不一樣面貌、擁有不一樣生命力的是讀者。建議各位讀讀看，然後放下書本，省思自己的過去與未來。

法律不能解決所有的問題，但是於解決法律事務時，會發出微光，如果當事人能夠抓到這道微光，那麼就有可能透過這道微弱到似乎看不到的光芒，獲取重生機會。一位半百的律師，這樣告訴各位。

各方推薦

鄧湘全律師的文字寫出了他從事律師這個職業的主觀感受，同時藉由他的文字清楚寫出了法律的侷限，以及我們這個社會依舊有法律所無法解決，那些比法律更深切，更屬於人性深處的徬徨、無奈、悲哀和真實。

——林立青／作家

所謂的正義，在每個人的體現各自不同，我們終其一生都在追求自己安身立命的所在，唯有靜心而觀，才能讓自己處於變動中不驚不懼。

——律師娘／林靜如

法網恢恢，疏而不漏，本書在闡述真相和事理證據上，觀察入微、值得信服，從案例上可學到實用的法律知識，又能從故事之中感受曲折離奇的幽微，作為一個執業的律師小說家，他帶領讀者看見冷冰冰的法律之外，眾生有情的世界。

——銀色快手／作家

目次 CONTENT

追伸

自序

微光下重生

飛翔，不需要翅膀，用心想像。

生命，不需要等待，活在當下。

一直以來，寫法律以外的東西，更能感到自在飛翔的感覺，這本小說集，在這樣的狀態下完成。了解現實不完美，真切用心活著，虛構的小說存在我真實世界的一個角落。

老爸在我七歲時過世，老媽帶著四個嗷嗷待哺的小鬼頭，家無恆產，直接獲得貧戶資格。小學那段歲月，記得每學期繳交學雜費，要先向里長申請貧戶證明，再拿去給老師辦理退費，全班只有我家是領貧戶證明過日子。直到國小三年級，班上另位同學的爸爸也離世，他也變成貧戶。國小畢業前，好像再也沒有人的爸爸翹毛（過世）了。那時心想，為何我倆的爸爸這麼不耐命？

貧窮不可怕，但是連安身立命的家都被毀了，欲哭無淚的心情，會讓人覺得世界之大竟無立錐之地，那才可怕。事情是這樣子，我爸還沒走之前，向人家買地蓋屋，未辦理土地所有權移轉登記，多年後，地主要求拆屋還地，最終給點補償費，我的老家就硬生生被拆了。究竟上一代不懂法律或公義無常，無關緊要。回首過往，每每站在老家附近土地上，小時候回憶，常常湧上心頭。法律不能保障自己的根，不能保住我的老家，我未心存怨懟。彼時起，我開始懷疑，法律世界存在真正的客觀真相與正義嗎？

考上臺大法律那一年，我騎著名流一百摩托車，從中壢一路北上騎到臺大男四舍，前座腳踏板，放著一只像是監獄囚犯使用的藍白相間小帆布袋，裡頭裝著簡單行囊，心中想起我在中壢高中畢業紀念冊上的留言：「此地一為別，孤蓬萬里征。」從此走進矮窄的法律世界，迄今三十年。當了律師以後，看盡人生百態。單從法律角度看事情，永遠是以管窺天。普遍認為法律審判帶來公理正義，大多臺灣人卻不相信法律，這是很奇妙的現象。成千上萬社會新聞吸引著人們的目光，公平正義口號喊得震天嘎嘎響，人們對於法律的期待及內心的矛盾，剪不斷理還亂。

伴隨著母親的愛與一路善緣的微光，渡過了貧窮而快樂的童年歲月，更能體悟人存在的價值，猶靠意志的實踐，儘管如此，人還是有其侷限，絕非萬物之靈。我相信這世界所發生的現象，是因緣和合的結果，就像日月星辰是暗夜行路人的引者，指引迷失者方向，替墮入地獄的人，帶來光明的希望，只是有些人無緣遇到引者或見著光明。也許，一點點的微光，可以幫助不少人哩。

從不期待人世間的審判能夠完美無瑕，也不冀望法律審判帶來絕對正義，只盼望法律發出微光，稍稍能看見公平正義的影子。法律生命力，源於法律事件本身的有機體，當事件本身死了，失去活力，法律無從發揮它的能量或是生命力。若能藉由法律的工具，在法律事件中，找到些許人生感動，或找回人們對失落生命力的重新認知與尊重，法律存在的價值就功德無量。

法律審判是典型正義具體實踐，這是普遍的看法，人間法未必帶來正義，毋寧天理昭昭，報應不爽。前面說過，法律的生命力在於事件本身，當脫去法律的外衣時，會看到事件不一樣的生命面貌。芸芸眾生若執著法律萬能論，將會是一場美麗的誤會。古老智慧早就告訴人們，人世間愛恨情仇是非對錯，不可能靠法律來解決，唯有以自我誠摯的心靈，感受外在的世界，才能體會到生命的真實，體悟人性和智慧才能找到答案。

◇

這本短篇小說文集，原型出自我執業過程的案例。以小說方式呈現出來，原本的人與事，都用不同符號、場域替代。與其說是法律故事，倒不如說是個別人性寫照。是非、真假、對錯、善惡，沒有標準答案。故事背後的隱含，無論是對生命無奈的嘆息、情感的糾葛、因果的循環、退讓的智慧、執法公平性等等，我毋寧相信，以一種活在當下的信念，往前看，會發覺一切是美好的。

故事裡面的人與事，不同時空交錯，編織出同樣的真實人生。過往，生命或許是一連串誤會的集合體，每個人都有自己不為人知的無奈，有人幸運地度過了難關，有人不幸地掉進黑暗的深淵。每個人際遇有所不同，生命歷程也各有千秋，但活著就有希望，有一點微光，也許就能走出黑暗世界。你我，可能是點亮微光的那個人；你我，也可能是需要微光的那個人。

不完美的現實世界，一樣能自在飛翔，總是有機會找到生之意義，這是我寫這些故事的初衷，希望對讀者能有小小的啟示。

上天的審判

阿雪離婚後，獨自和兒子住在一間破舊的小公寓。牆面上斑駁落漆碎片，沿著紅色塑膠扶手的樓梯走著，往上望去，天花板上有張蜘蛛網，一隻肥大的蜘蛛不知停留多久了。暗紅色又黏糊糊的樓梯扶手，讓人寧願扶著牆上下樓，也不想去摸它一下。

中年失婚要再度就業，相當困難。好不容易找到一個上晚班，薪水還不錯的工作，阿雪感到相當幸運。她住的公寓，在一條小巷子裡，巷口出去是四線道的大馬路，白天車水馬龍，夜裡人車稀少。殘秋初冬的夜晚，月亮被烏雲給遮住，天空中的星星少得可憐，冷颼颼的夜裡，路上沒幾個行人，只有遠處的豆漿店還亮著光。更深夜靜，冷冷清清，大馬路上車輛呼嘯而過的聲音，讓人覺得刺耳。不是細雨霏霏的夜裡，卻予人陰陰的感覺。老舊路燈發出微弱的殘光，讓街景有些矇矓。不算是烏漆墨黑，入夜時行走在路上，可得小心暴走族的矇撞或是強盜之類的洗劫，這附近治安確實不好。

清晨四點多，阿雪下班，往回家的路上想順道買些吃的。走到巷口前面二十四小時不打烊的豆漿店買了宵夜，按時間看來，應該接近吃早餐的時間了。離開豆漿店，提著蛋餅豆漿，阿雪沿著馬路往回走了十幾公尺，準備越過馬路到對面的巷子。穿越馬路時，似乎因為工作的勞累，讓她注意力不集中，巷口前的馬路又是個小彎道，她沒發現遠方有點點微微的燈光靠近。

一輛三十五噸的貨櫃車急駛而來，司機低頭點菸，沒有注意遠方路邊有個人點，連剎車都來不及踩下去，貨櫃車就這麼硬生生擦撞到阿雪。時速七、八十公里的撞擊力道，將阿雪彈飛幾十公尺遠，胸腹部嚴重凹陷，腦漿四溢，當場死亡。手提包裡面的東西、剛買的蛋餅豆漿與破裂的燈殼碎片，就這樣散落一地，夜顯得更寒。

貨櫃車沒有停下來，而是又繼續急駛了數公里後，再緩緩地朝向路旁停了下來。司機走下駕駛座，從車頭左前方繞到貨櫃車的右側，看了看右側大燈。

撞擊後破損的大燈，不再發出亮光。司機用手摸了摸燈殼破損的地方，抓抓自己頭髮後，呱嗟一聲把車門關上，上了車，右腳用力地踩了油門，繼續往前開去。

巨大的撞擊聲，劃破寂靜的夜，引來豆漿店的客人注意。客人跑到大馬路上東張西望，只見一女子倒臥血泊中，滿地物品四散，地上一灘紅色血水，看了令人怵目驚心。貨櫃車像火柴盒小汽車般，逐漸變小，很快地消失在路的盡頭。好心的客人記下了車牌號碼，同時打電話報警。

司機把貨櫃車開回公司的停車場，幾個小時後，警察根據車牌號碼查到公司地址。警察請公司老闆把司機找過來，並在停車場發現那輛貨櫃車。警察協同貨櫃車公司老闆及司機一同查看那輛貨櫃車，檢視車頭右側破損大燈。警察直白地詢問司機發生什麼事？司機回說在路上撞到一根大木頭，將車頭燈給打壞了。不要說警察不相信，連站在旁邊的貨櫃車公司老闆都一臉神情木然，眼神像是驚嚇過度的小鹿，老闆擔心自己也會牽連其中。

警察：「你撞了人嗎？」司機：「沒有啊！」。警察電話通知同仁，請求協助將這輛貨櫃車拖回去查扣，貨櫃車是撞人的證據，要保全下來。

◇

實習律師快步走進我的辦公室，告知當事人已經在會議室了。

「假設一個闖紅燈的傢伙，開車把路人甲給撞死了，你認為一條命值多少錢？」邊說，我邊起身穿好西裝外套。

「不從法律的角度來看，生命應該是無價的。用法律的觀點來看，應該依據法定損害賠償方式計算。」

「法律？非法律？你說說看怎麼個計算法？」

「基本上，被害者家屬可以主張喪葬費、扶養費、醫療費用、精神賠償等。」實習律師照著從書本學到的技術知識，講了一遍。

「若路人甲沒有扶養對象，當場掛了，也不用救了，沒有花到醫療費。請問這樣可請求多少錢？」

「喪葬費花多少就賠多少，一般人大概是幾十萬塊。精神賠償，要看雙方的身分、地位、經濟狀況、受痛苦的情形來綜合判斷，沒有絕對標準。」

生命的價值，活著的時候很難算，死了更難算。對他的回答，我不置可否，繼續問說：「假設駕駛是小康之家，路人甲二十四歲、未婚、獨子，路人甲父母也是小康之家，父母可以請求多少錢？」

他停頓下來，有點遲疑回答說：「賠個一千萬應該不為過吧！」這次，依著自己的感覺回答，沒有依著教科書及補習班講義的抽象原則。

「說得好！不是死讀書的法律書呆子，你這小子還有藥可救哪。失掉對人對事的感覺，可悲哀喲！消基會曾經作過死亡案例賠償分析，說人命價值大約值一百萬至三百萬元不等。這數字比我分析的數額還要低，更有趣的是消基會說一千多臺斤的神豬，都能賣到三百萬元，你知道這是什麼意思嗎？人命不如豬命啊！你相信法律可以伸張正義？你還認為生命無價嗎？」

聽到豬比人還值錢，他用手擦拭著被澆冷水的一張臉，表情有點滑稽。

實習律師回想起大學畢業時，熱情地恭請一位民法教授在他的畢業紀念冊上題字，這位教授寫著：「永遠記住你在學校所學到的知識！」這句話，實習律師一直銘記在心。剛才那段對話，讓他又想起另一位刑法教授的題字內容：「隨時懷疑你在學校所學到的東西！」這行字，剛好就寫在前面民法教授的那行字旁邊，還以為這位刑法教授故意跟他惡作劇。

實習律師早上看報，有一則醫事新聞的標題是這樣寫著：「醫人不如醫狗，救命不如救醜。」醍醐灌頂，他覺得刑法教授的話，確實有點道理。

一般人認為律師是法律技術的專家，愛因斯坦卻說專家只不過是訓練有素的狗。在許多人的眼中，律師也只不過是種技術性的狗。執業時間長一點的律師，有時候，還是隻只會動張臭嘴的老狗而已。不希望我帶出來的律師，變成技術性的狗，給他們一些奇奇怪怪的問題，是必要的考驗，期待帶給他們不同的思考訓練。這種訓練方式，是希望讓工作夥伴不會變成臭老狗。

◇

死亡車禍案件的後續法律程序，是生者在為死者作些事，還是生者為自己作些事，我不太能理解。讓家屬安心，讓死者安息，當作重要的使命，至少我心裡這麼想著。

面對後續的法律程序，難掩無奈的心情，阿雪的妹妹問說：「我們對賠償沒有概念，依法可以請求多少錢，律師可以提供我們一些意見參考嗎？」

「原則上，人命高估的話，三百萬至五百萬元左右。」我也無奈，還是得照實回答。

阿雪的妹妹接著問：「那我外甥可以請求司機賠償多少錢？」

我沒說話，實習律師則解釋說：「實務上類似案例的數字，就是我老闆前面說的三、五百萬。如果被害人家屬有領取強制責任保險金二百萬元的話，加害人還可以主張抵扣這部分。」實習律師計算扣除後的數字，剛好與消基會計算的數字一模一樣。倏然間，我腦海裡有隻神豬影子閃過的念頭。

沒有車禍受害的經驗，對於賠償的數額，當然不會有什麼概念。多年來，此種案件賠償數字，並沒有多大的改變。法院對於人命的價格，也沒有隨著物價指數波動而調整。普遍來說，被害人家屬通常很難接受這樣的答案，失去深愛的家人，一條命竟那麼不值錢。實際上，應該是低於此數字。過往，情緒失控的家屬，不是把法律說得一文不值，就是痛罵司機。這場景，在事務所上演過很多次了。

阿雪的妹妹在會議室，敘述車禍發生的大概情形，希望事務所幫忙她外甥處理車禍賠償事宜。關於後續的法律程序，我說：「這種死亡車禍案件，通常先向地檢署提出業務過失致死的刑事告訴，等到檢察官把被告提起公訴後，我們再提出刑事附帶民事賠償請求。」

◇

車禍當天下午，檢察官勘驗貨櫃車的車頭，發現有新的撞痕。司機提出自己的解釋，他說當天在案發地點，車子確實撞到東西。司機堅稱當時感覺撞到大木頭，並說這是駕駛大車的直覺。檢察官將貨櫃車頭右側殘留衣物碎屑送驗，鑑驗結果與阿雪當天穿著的衣物是相同的。本案傳訊豆漿店客人作證，那位好心的客人有到地檢署作證，說明案發時的情景。人證、物證齊備，司機被檢察官提起公訴。

首度開庭時，法官勸諭司機儘快與阿雪兒子達成和解。我與阿雪的妹妹、司機、貨櫃車公司代表及保險公司的人，在調解委員會談了好幾次，他們只願意賠償二百多萬，而且還是包括強制險的給付。怒不可遏，我拍著桌子大吼：「一毛不賠，叫我來這幹什麼，浪費大家的時間。」貨櫃車公司代表還主張過失相抵，說阿雪自己違規穿越馬路也有錯，才會發生此起車禍，我忍住沒有給他重重的一拳。保險公司的人像是看戲的，晾在一旁沒有說話。當然，雙方沒有達成和解。

後來再開庭時，法官問：「你當時為何沒有停下來？」

司機：「我不知道撞到人，以為是撞到大木頭，所以沒有停下來。」

「一根大木頭？木頭會走在路上嗎？」法官酸酸地挖苦司機。

「有時候我們大車壓到木頭會彈起來，我真的沒有看到被害人。」司機又進一步解釋。

法官再問：「車燈少了一個，不亮了，你沒有發現嗎？」

司機：「我後來才發現右側車燈壞了，有停下來查看。」

「你停車時，離案發地點多遠了？」

「我忘記了，大約幾公里。」

「當時你是否肇事逃逸？」

「沒有。我真的不知道撞到人，因為案發地點，視線不良，我們大車有時撞到東西真的會沒有感覺。我以為這次是撞到大木頭，才沒有停下來。如果知道撞到人，我一定會馬上停車。」

問完重點後，法官諭令退庭，擇期再審。

去法院閱卷，翻到被告司機的前科素行表，我目不轉睛地盯著上面的內容。這二十年期間，包括阿雪在內，司機撞死過三個人。「我們的法律制度到底出了什麼問題？法律真的可以保護大眾的生命安全嗎？」我火冒三丈地自言自語著。

依據被告的前科素行紀錄，十七年前，司機第一次撞死人，被判六個月有期徒刑，易科罰金結案，這次沒有被關。司機第二次撞死人，被判十個月有期徒刑，沒有緩刑也沒有易科罰金，這次被關了一陣子。司機第三次是撞死阿雪，還在審理中。

在旁的實習律師看到這資料，嚇了一跳，他問道：「刑度判太輕，還是判賠太少，才會造成這種現象？」我沒有回答他，只跟他說以後過馬路小心點，我淡淡地反問他：「你還相信人命關天嗎？」實習律師欲言又止，嘴裡沒吐出半個字。

為了要查明司機前案的判決資料，實習律師去法學院圖書館收藏判決的那一區，找到司機之前二件案子的相關資料。司機第一次撞死人，原因是違規超車及速度過快，他開轎車從外線車道超車，結果撞到一位機車騎士，把人給撞到大水溝去了。隔了十年左右，司機開砂石車，有一次紅燈違規右轉，也是擦撞到機車，這次倒楣的是機車後座的乘客，砂石車右轉時，勾到後座乘客的衣服，乘客被勾跌倒在地上後，幾十噸的砂石車就這麼從頭部給輾過去，結局可想而知。

我看完這些判決資料，心情相當沉重地對實習律師說：「一輩子撞死一個人都很罕見，這傢伙二十年內可以撞死三個人，真是天理昭昭，法理渺渺啊！」

「這司機何以如此放肆地撞死三個人？」我腦海裡不斷浮出這樣的疑問。司機不怕法律？還是法律輕易放縱司機？**當法律不能保障人命時，人們根**

本不可能相信法律；開車在路上，無視於人命關天，把生命當作小螞蟻一樣，草菅人命的事才會不斷地發生。司法對於這種草率駕駛行為，輕判或是罰錢了事，阿雪才會變成第三個車下冤魂。

在臺灣，這種死亡車禍案件的判刑及賠償，都有固定的不合理行情，我心中有很多的無奈，覺得自己能做的實在有限。

◇

開庭結束幾週後的一天下午，實習律師拿著一份判決書，匆匆忙忙地衝進辦公室，上氣不接下氣地說：「阿雪那案子的判決書寄來了。」

「案子還沒審完，哪來的判決？」我反問他。

「法院說被告司機死了，沒辦法進行實質審理，所以『判決不受理』。」

實習律師解釋著。

接過這份判決書，我用很快的速度看完內容。判決書上面說司機死了，我看著判決書上「被告死亡」這幾個字，愣住了。被告既已死亡，法院直接作出「不受理判決」，本件刑事部分就這樣結束了。

我正在看著判決書時，阿雪的妹妹打電話來事務所。我拿起話筒，電話那頭的她上氣不接下氣：「撞我姊的那個司機，過過過……過馬路被卡車給撞死了……」

追伸

【不受理判決】

被告死亡，法院不會再下有罪無罪判決，刑事部分，此案就以不受理判決結束了。民事部分，死亡、重傷或性侵案件之被害人家屬，可提出民事求償或向「犯罪被害人補償審議委員會」申請補償。

被告死亡，家屬或許想知道事實真相，也想判決被告有罪，然而判罪的目的是在於施加被告刑罰，人死無法執行刑罰，審理後判決有罪無罪，並沒有實質刑罰的意義。刑事案件就像是「罪與罰」的一齣戲，少了被告這主角，只能半途收場。

有些家屬或許能以被告死亡作為心中不滿的解消，稍稍撫慰傷痛的心靈。關於犯罪被害之民事賠償，就算加害人死了，被告繼承人若未拋棄繼承，是要承受民事訴訟，被害人家屬仍能對被告的遺產主張權利。

刑罰固然有穩定社會安全的功能，不過還是有它的侷限，國民的道德及文化素養，反而才是更重要的。

殺妻者

收到了判決書，我去看守所律見[1]清俊，他告訴我不用上訴了。

清俊與素琴這對夫妻，從小孩的教養、金錢的使用，乃至於生活的態度，都存在截然不同的觀念。結婚多年，雙方觀念上的差異，愈來愈大，並沒有因為時間而讓彼此生活態度趨於相近。結婚初期，幼兒常常哭鬧，夫妻經常為了小孩的事爭執。後來，兩個小孩都已經上小學了，也沒有因為小孩成長而減少雙方的摩擦。

清俊有穩定的工作，一般人對砂石車司機的刻板印象，在他身上看不出來。古銅色肌膚的清俊，有著結實的肌肉，整齊乾淨的面容，笑的時候會露出潔白的牙齒；沒有氣質彬彬的書生模樣，但看起來，也不像是作粗工的樣子。他不吃檳榔，不抽菸，很少喝酒，是同事眼中的怪人。不瞭解他的同事，偶而暗中議論他應該去坐辦公桌，怎麼會跟我們這群人混在一起？

工作雖然辛苦，但薪水還不錯，足以養家活口；況且只要想到小學三年級和五年級的兩個寶貝女兒，所有的辛苦，再多的不愉快，瞬間都會消失殆盡。頂著大太陽工作，忙碌辛苦一點，他不以為意。

有兩個年幼的小孩要照顧，素琴選擇在家裡巷口開間小檳榔攤，說是就近照顧小孩，小攤子卻常常拉下鐵門。素琴的媽媽早年因為癌症過逝，爸爸一手將她扶養長大。就這麼一個寶貝女兒，素琴的爸爸無法確認自己能父代母職，擔心缺乏母女親情關係，影響女兒的成長。素琴的爸爸一直以來，總希望這孩子長大能有椿美好的婚姻，過著幸福的生活。

十多年前，清俊當兵時，下部隊分發到離家幾百里遠的地方。因緣際會，素琴的爸爸剛好是負責送信到清俊部隊的郵差，清俊負責部隊收發。送信的和收信的，就如此湊巧常碰面，偶爾也會聊上幾句，雙方自然熟識起來。除非放

1 指律師到看守所接見面會被告。

長假，清俊難得回家一趟。週末散步假，清俊多半和同事在附近夜市閒逛或去市區看電影。有一天，素琴的爸爸邀請清俊放假時來家裡喝兩杯，清俊就這樣認識了素琴，素琴的爸爸早就想把他們兩人湊一對。他們認識後自然而然地譜出戀曲。

清俊退伍後，索性在素琴家附近租房子，找了工作。雙方都是情竇初開，很快陷入熱戀，加上素琴的爸爸常常在旁邊敲邊鼓，兩人在清俊退伍後不久就結婚了。素琴的爸爸很滿意這女婿，尤其自己老伴走後，與女兒相依為命，有時覺得生活挺淒涼的，自從多了這個善體人意又老實的半子後，生活熱鬧許多。女兒託付給他，素琴的爸爸覺得很放心。

清俊與素琴生了小孩，不能再住素琴的爸爸家，他們在附近貸款買了間小公寓，素琴的爸爸也就自己一人獨居了，值得欣慰的是，清俊與素琴住在附近，彼此容易照應。

素琴從小脾氣不好，可能因為是獨生女，素琴的爸爸一直認為是自己溺愛的後果。生了小孩之後，素琴開始會無節制的買東西，刷爆信用卡是家常便飯。這幾年，雖然小孩大一點了，但素琴對於生活所產生莫名的壓力卻沒有減緩。從前，擔心結婚後，沒人照顧爸爸。生了小孩，煩惱照顧小孩的事。小孩大一點，擔心老公外遇。儘管清俊和爸爸常安慰素琴，不要老是胡思亂想，素琴只當作是耳邊風。還好大家住得近，生活上有什麼需要協助，素琴的爸爸都很熱心幫忙，對於清俊來說，也相當滿意這個岳父。

素琴的爸爸從郵差的工作退休後，平常日子，除了去廟口看人下棋聊天外，偶爾在鄉公所擔任志工，多數時間陪著外孫女玩耍作功課。清俊當兵退伍後，異地生根，結婚生子以來，多虧素琴的爸爸幫忙帶小孩，解決這對夫妻不少的煩惱。

清俊是個老實人，沒有外遇的問題，但素琴並沒有安心下來。清俊愈是扮演好一位體貼的丈夫角色，很奇怪的，卻讓她更無法停止幻想清俊出軌的問題。由於素琴不斷地杞人憂天，無時無刻的焦慮，心理狀態不是很好。素琴的爸爸清楚知道女兒的狀況，閒暇無事都會主動說要含飴弄孫，帶著外孫女到附近公園玩耍。

素琴不時藉酒來忘卻心頭莫名所生的煩憂，她不瞭解藉酒並不能消愁。漸漸的，素琴得了輕微憂鬱症。從事直銷的朋友，推薦的保健食品，只要註明有消除憂鬱症的功效，哪怕是不知名廠商製造的，她全都買單，自然而然變成直銷朋友的大客戶。不管有沒有用，她不間斷地買，房間裡堆滿各式各樣的健康食品。

每次提到這件事，夫妻就會吵架。素琴認為清俊不愛她，不關心自己的健康。清俊希望素琴去看醫生，她會說自己沒有病，僅僅身體虛弱或是身體的器官功能運作不好，需要吃些健康食品，加強保健，至少直銷的朋友是這麼說的，她也深信不疑。這天下午，小孩去上安親班，依然是由外公接送。素琴在家看電視，檳榔攤的鐵門是拉下來的。午後細雨綿綿，她心情不是很好，很早就回家去了。經過超商，順便買了兩瓶玫瑰紅。下午，直銷朋友到家裡來，說金絲桃草及魚油對抗憂鬱症有效果，如往常般，直銷朋友的推銷，她全部買單。整個下午，桌上那幾瓶忘憂健康食品，就擱在那兒沒有移動，她也沒有打開。邊喝著玫瑰紅，邊看電視打發時間。

傍晚，清俊下班回來，正好遇到岳父把小孩從安親班接回家，小孩已經在安親班吃過了，直接進房間，放好書包，就待在房間裡做自己的事。岳父與清俊閒聊幾句後，回家去了。清俊看到客廳桌上的景象，知道素琴大概又發作了。按捺不住心中對她疏於照顧小孩，及花大錢亂買直銷產品的不滿，於是說了幾句，素琴也很不客氣地回嗆清俊是沒有用的男人。

「為何讓妳爸去接小孩？」清俊大聲地斥喝素琴。

「讓我爸動一動有何不好？我下午心情很差，不能待在家裡嗎？」素琴也高分貝地回應。

「妳隨時都心情不好，檳榔攤就這樣愛開不開，生意怎麼作？」

「我的店，我愛怎麼開就怎麼開，關你屁事！」

「如果沒開店就應該好好照顧小孩，一個人在家喝酒看電視，天底下有這種媽媽？」清俊狠狠地數落她。

受不了清俊這樣說她，情緒失控且略帶酒意的素琴，把手上的酒杯往地下一砸，只聽到玻璃撞擊地面的破碎聲，伴隨著四散一地的玻璃碎片。過去，小孩在房間聽到爸媽的吵鬧聲，會跑出來勸他們不要吵。孩子們有時難過地哭了起來，清俊就會牽著兩個寶貝的小手走回房間，告訴他們大人的事小孩子不要管。但是現在，小孩在房間聽到爭吵聲，已經習以為常，也不再出房門查看。只會任由客廳喧鬧的吵架聲，隨著時間的經過，慢慢趨於寧靜。

「你賺那麼點臭錢，講話就這麼大聲啊！」素琴不滿地說。

「我沒有在談錢的事情，我是在講該怎麼做好媽媽這件事。」清俊稍微冷靜地說。

「你不滿意我，那離婚啊！」

「妳不要沒事就用離婚來吵，這樣沒意思，也解決不了問題。」

「我沒接小孩你也要罵，我買健康食品你也要念，你到底有沒有關心過我。」

「如果不關心妳，我為何常常叫妳去看醫生。妳買那些沒有用的健康食品，只會被人家騙，妳賺的錢永遠都會不夠花，我只能這樣告訴妳。」

「我的朋友都會關心我，拿健康食品給我。你呢？只會千方百計阻止我吃好東西，你是想我早點死是吧？這樣你就可以再娶了！」素琴講話愈來愈毒辣，逐漸失去理智。

清俊沒有回應，心想我怎麼可能會要老婆早死呢？他只是想要她透過正常醫療管道找回健康，不要胡亂聽那狗屁直銷朋友不專業的意見。顯然素琴沒有感受到他的好意，反而誤會他了。

清俊用冷靜的口吻說：「我們是夫妻，我不可能不關心妳，也沒想要妳早死。賺錢很辛苦，妳看那些堆積如山的東西，吃完了再買也不遲。」

「用我的錢買的，關你屁事。口口聲聲說關心我，又阻止我買這些東西，你居心何在？」

「妳這次沒錢去貸款，利息又是我來繳，我才會提醒妳。」素琴最近手頭拮据，沒閒錢買健康食品，向銀行辦理小額貸款，利息都是清俊在繳，所以他才會這樣說。

「那你不要繳啊！沒本事繳就不要繳，不要在那邊一直念，是個男人就不要一直講一直講，幹！」素琴有點歇斯底里地說著。

「妳說什麼?妳再說一遍!」

「怎樣，不行嗎?幹嘛，眼睛瞪那麼大，怎樣，要殺人啊!」素琴諷刺的話語，讓清俊再也無法忍耐。

「妳再給我說，自己不對，還敢講這樣的話，不要講我不敢殺妳。」

「你最好有本事，你給我殺殺看啊!」

「有本事不要只會說，你給我殺啊，你給我殺啊!」素琴一再用言語不斷地挑戰清俊耐性的臨界點。

他順手從餐桌上拿起一把水果刀，要嚇嚇素琴，「妳再講，我真的敢殺妳。」

「我當然敢講，你沒本事就把刀放下，有本事你就殺過來。」

清俊慢慢地失去理智，今天開太多趟車了，他真的很勞累，無法再理性與她對話。突然間，他手上的水果刀，倏地往素琴的方向飛過去，直直射進她的胸部。素琴應聲叫了一下，臉色漸漸發紺後轉慘白，然後倒在地上。時間彷彿停止，空氣瞬間凝結，客廳裡只剩下電視機發出的聲音。回神後，清俊瞭解事態的嚴重。

「怎麼會發生這種事？」清俊失了神似地自言自語著。

小孩在房間裡，還不知道發生什麼事，不一會兒，客廳又回復平靜。清俊直覺地打一一九叫救護車，趕快送素琴到醫院急診，他陪同在她身邊。沒多久，醫院通報的警察也趕到急診室，清俊向警察說明在家裡客廳發生的事情。

素琴留在急診室繼續急救，清俊被帶到派出所。當天晚上，素琴傷重不治死亡。

◇

隔日新聞報紙的標題寫著：〈夫妻吵架，先生飛刀奪命〉，刊在地方新聞的頭版。

我邊吃著早餐，邊看著報紙，剛好看到這則新聞標題，報紙常常有這類夫妻爭吵打架的新聞，也沒特別注意看報紙內容。這時，祕書說有客戶打電話找我，我將報紙丟在茶几上，放下手上的水煎包，趕緊去接電話。是清俊的哥哥打電話給我，他說弟弟不小心把太太殺了，現正羈押[2]在桃園看守所，希望我去跟他弟弟律見。

此刻的我，還沒察覺新聞標題的「先生」，正是我下午要去看的對象。非常巧合，我是清俊哥哥任職公司的法律顧問，隔日一早，清俊的哥哥才會打電

2 指刑事案件的被告，犯嫌重大遭逮捕後，有事實足認被告有湮滅證據、串供、逃亡等疑慮時，為保全證據，防止被告逃亡，確保刑事訴訟及刑罰執行，法院裁定將被告收容至看守所，以限制其人身自由的刑事處分。

話聯絡我。我請他現在過來委任，下午儘快去看他弟弟。雖然在電話中有說明是他弟弟和弟媳的事，我沒有馬上聯想到這則新聞，可能是昨日應酬緣故，到現在都還在昏沉。

我坐在律師接見會面室，戒護人員將清俊帶過來，我和清俊互相點頭後，他也坐了下來。對面的這個男人，看起來果然像是老實人，很難想像與殺人犯有所聯結。瞭解事發的前因後果，才能決定辯護的策略。

對我而言，過去的事實，已經過去了。想要拼湊過去事實的真相，我堅信是不可能的，就像破碎的鏡子，不會回到原始完整的原貌。最多僅能將片斷的碎形，組合成可能的事實，這個當下認定的事實與過去的事實，其實已經不一樣了。可是，人們老是相信，透過現代科技、攝錄影像或是相關證據，可以找出過去事實的真相。

我認為沒有所謂的真相，有的只是心中事實及證據事實。**心中事實存在每**

個人心中，證據事實是法律認定的事實。或許，還有一種是新聞記者寫出來的事實。法律不會找到真相，法律只會找到證據事實。我希望清俊將事情說得鉅細靡遺，甚至從他們結婚開始講起。我耐心地側耳傾聽，這些素材，可能是認定事實的關鍵。一個殺人案件的發生，不會肇因於一瞬間，而且，法官一定會很想知道到底發生了什麼事。

「我傍晚下班回家，發現我太太沒有去工作，也沒有去接小孩，是我老丈人把小孩從安親班送回來。又看到桌上一堆健康食品，我心裡有點不高興，所以念我太太幾句。她因為喝了點酒，就回罵我，說我是沒有用的男人，我那時還沒有很生氣。

「我們一直吵，小孩在房間裡面，他們已經習慣我們的爭吵。後來我很生氣看著我太太，她大聲咆哮說我想殺人是不是？我剛好站在餐桌旁，順手拿了一把水果刀，心裡面很生氣，想嚇嚇她，並且嚇阻她不要再罵我。她還提到離婚的事，這時我真的很火大。

「但是，我真的沒有要殺她的意思。當時，我最後聽到她的聲音，是她說你給我殺啊，你給我殺啊，就像瘋了一般。這句話，到現在我耳際邊還常常出現這個聲音。我很生氣地將刀子丟過去，本來是要朝她旁邊丟過去，只是要嚇嚇她，沒有要傷害她的意思。可是我太太閃避的方向剛好是我丟出去的方向，刀子就這樣射進她的胸部，她就倒下來了。

「刀子是不小心刺進她的胸部，我真的沒有要殺她。」清俊很激動地向我說明當時的情況。

我接著問他：「你是不是因為她用你的錢買這麼多健康食品，才起了殺人的動機？」

「她買健康食品，是用她從檳榔攤賺來的錢去買的，我不會有意見。她可以說錢是她賺的，可是她不應該說關我屁事。她罵我，我雖然生氣，可是絕對沒有殺我老婆的動機。我很愛她，畢竟她是孩子的媽媽。」清俊回答的態度冷靜許多。

「不過，那把刀子怎麼會出現在餐桌上呢？」

「刀子本來就在那，因為餐桌上有個水果籃，我們水果買回來，都會放在那個籃子裡，水果刀本來就放在旁邊，這樣才方便削水果皮。」

「那我問你，水果刀有沒有刀殼套著？」

「套子早就不見了。」

「刀子射中身體後，你接下來作什麼動作？」

「我那時六神無主，趕快打電話叫救護車。救護車到了，我就跟著到醫院去了。」

「警察什麼時候出現的？」

「在急診室時，有兩個穿警察制服的先生走向我，知道他們是來抓我的，我就向他們說明我拿刀射到我老婆的事情。」

「你何時知道你老婆已經死亡？」

「在分局作筆錄的時候，是警察告訴我的。」

「法官一定會很納悶，刀子為什麼會射進胸部，這麼準？」

「我也不知道，我往她身體左邊射過去，因為她也往左邊移動，才會射到她。」

「為什麼會插進去身體那麼深？」

「可能是我丟出去的力道很大，才會插進去。其實，我真的很後悔。」清俊說話時，雙眼空洞無神，很疲倦的樣子。看起來，他昨晚沒有睡覺。

詳談後，我已大概瞭解事實的原貌。接下來是要看卷內的證據，如何呈現證據事實，這是後續要關注的工作。另外，清俊想知道可能的判刑結果，期盼早日回到寶貝女兒的身邊，淚水潸潸地問說未來會關多久。

「現在檢方是以殺人罪的方向來辦，刑法規定殺人罪是處十年以上有期徒刑或無期徒刑或死刑。如果是傷害致死罪，是處七年以上有期徒刑或無期徒刑。假設你真的是不小心造成你太太的死亡，應該屬於過失致死罪，是兩年以下有期徒刑的罪。你這案子，符合自首要件，還可以減刑。先講到這裡，我回去會仔細研究，下次再來和你討論。」我向清俊說明法律規定，並請他保重身體。他眼眶還泛著淚水，我不習慣這種場面，輕拍著他的肩膀，給他打氣後，收拾文件，我大步離開看守所的律師接見會面室。

幾個月後，檢察官以殺人罪名將清俊提起公訴。案件移送到法院審理，從閱卷資料看到相關驗屍報告：

「一刀刺進左胸下方，刀刃穿過肋間肌進入胸腔，左肺造成鬆陷、左肺下葉切割傷長四．八公分、深一．五公分。左胸側有一處三．五公分長經縫合之單刃穿刺傷口，傷口距肩膀頂端二十三公分，離身體中線左側三．八公分，鈍邊寬〇．三公分。檢查顯示，損傷路徑由此傷口穿透左側第八肋間後弓，進入左下肺葉，併發大量胸腔內出血，出血量約為一千兩百毫升，傷口深度約七．五公分。縱隔腔左下方心包穿刺傷、左心室側壁接近心尖穿刺傷四公分。心包穿刺傷、左心室冠狀溝下穿刺傷、傷口長兩公分，深度穿過左心室壁，並因而引起心包填塞與失血性休克致死。」

傷口在身體中線左側三．八公分，讓檢察官一口咬定清俊是故意射向素琴，但是，我覺得這樣的看法是有問題的。

檢察官在開庭的時候說：「辯護人所稱被告是不小心射入等語，並非可採。因為依被告所述及按諸常理，被告射向死者時，應該知道可能會射到被害人，更何況這刀子是射進身體中線左側三．八公分，也就是離死者身體中線非常近的地方。根本不可能是往身體旁邊射去。否則，射中的部位應該是身體的邊邊，被告所述絕非事實。」

雖然檢察官滔滔不絕，言之成理。然而，他怎麼沒有討論到被害人受驚嚇會閃避移動的狀況。正當我準備開口時，法官也有同樣的疑問。

「有沒有可能被告將刀子射出去的時候，被害人害怕射到自己，所以閃避才射中那部位？」法官詢問我及檢察官的意見。

檢察官說：「不可能，因為當時距離很短，絕對是直接朝身體射過去，所以傷口的部位才會靠近身體中線。」

我說：「有關雙方位置距離，好像沒有測量過，檢察官這樣的推論是有問題的。」

法官問清俊：「當時刀子射出去時，你與被害人距離大約幾公尺？」

清俊想了一下說：「三、五公尺吧，因為我太太是站在靠沙發那邊，我是在餐桌那邊。」

法官再問清俊：「你太太面對你時，她的右邊有東西嗎？」

「好像是沙發，她那時站起來和我吵架，我是朝她身體左邊射過去。」清俊回答法官。

「那你往她身體左側旁射過去，她有可能往右邊閃去嗎？」法官很鎮定地問清俊。

「因為很生氣，我當時沒想這麼多。我真的沒有要殺我太太的意思，所以射中身體後，我馬上打電話叫救護車。」清俊的語氣略顯急促。

「就因為你很生氣，你才將水果刀往她的身體射過去，是不是？」法官嚴厲的口吻，讓清俊有點招架不住。

「不是，我是往她身體旁邊射過去。」清俊還是認真回答法官的問題。到底是朝哪兒射過去的話題，該次庭訊就此打住，留待法官判斷了。

幾次律見面會過程，清俊都會述說和女兒相處的快樂時光。這樣的情境讓我覺得很心酸，除了安慰他之外，也不知道要說些什麼才好。講到這話題時，都會讓我想要儘快結束律見。老丈人也會帶著外孫女來看爸爸，這大概是他被羈押期間最期待的事情。

最後的言詞辯論庭，檢察官仍舊主張被告將水果刀朝被害人身體射過去，明顯有殺人故意。因為被告只有射這一刀，對於量刑部分，檢察官倒沒有什麼意見。我則主張被告應該成立過失致死罪，被告沒有殺人的意思，是因為生氣才會丟刀子，而且是朝身體旁邊丟過去，只不過被害人驚嚇後閃避，身體移動，才會射到身體。審理庭訊，清俊沒有太多的表示，大多數時候，他都是回頭望著兩個寶見女兒及岳父。這次庭訊，法官詢問了素琴的父親。

「請問你對這個案子，有什麼看法，希望法院怎麼判？」法官問道。

「孩子沒了母親已經很可憐，希望不要再失去爸爸。我從來沒有怪過我的女婿，請給他一個改過自新的機會，讓他早日回家團圓。」素琴的爸爸，也算是和清俊認識十多年的老朋友，老淚縱橫地說著自己內心的話，在場旁聽者聞之莫不鼻酸。

對於法官量刑的詢問，清俊黯然不語。

「對於量刑有何意見？」法官詢問我及檢察官的意見。

「請依法審酌。」檢察官慣例如此回答。

我停頓了一會兒，我真心希望清俊此刻能回家去。這時，我沒有辦法理解罪與罰的意義。

「法官如果認為成立殺人罪，請求判決五年有期徒刑，我造當事人不會上訴。」我哽咽地說完。

◇

一個月後，我收到判決書。

「解剖之相驗筆錄、驗斷書、相驗屍體証明書、急診病歷、急診室錄影帶、勘驗筆錄、水果刀、血衣、現場草圖、照片，在卷可證明。被害人血液、水果刀、被告衣褲、住處所採血跡，經送內政部警政署刑事警察局鑑驗，其血跡DNA—STR型別均相同，為女性。證明被害人的死亡，是被告所為，被告行為構成殺人罪。……」

關於量刑，判決書記載：「綜合考量被告一時衝動犯下無法彌補之罪行，但其射殺被害人一刀後，已有悔意，並沒有再繼續進行殺人行為，而迅速將被害人送醫，並向警察自首。雖然因為死者受傷嚴重無從救治，但被告與死者留有兩稚齡女兒，都還需要被告的養育，縱然被告行為不可原諒，無從彌補，慮及年幼子女之教養，並參酌被害人父親即被告之岳父表示原諒被告，希望輕判，及審酌被告犯罪後態度良好等一切情狀，判決五年有期徒刑。」

◇

清俊服刑期間，老丈人經常騎摩托車載著兩位外孫女去探監，孩子也想要看看爸爸。人生不能重頭來過，清俊多希望不要發生這件事。他和孩子的談話，都盡量避開過去痛苦回憶的話題，不小心觸及傷心事，孩子們會勸清俊放寬心，想開些，他對孩子的成熟懂事感到欣慰。對於母親的死亡，孩子有自己的想法，只希望爸爸趕快回家，一切重新開始。

入監服刑表現良好，清俊可以提報假釋準備出獄。那是個美麗的早晨，前夜裡下了一場大雨，遠方爽朗的山形，清晰可見；清新空氣，讓人覺得舒服；陽光露臉後，晴空萬里。清俊這幾年來，第一次感覺呼吸到清透的空氣，老丈人帶著兩個外孫女搭著計程車，正在前往監獄的路上。在監獄的會客室等待，孩子覺得快要和爸爸團聚了，難掩興奮的心情，丈人的內心卻多份感傷。

當小孩看到爸爸的那一剎那，一家三口相互地擁抱，清俊激動地將孩子們擁入懷中，等這一刻等了好久，他終於要回家了。在一旁的丈人對清俊說：

「出來就好……」清俊很感謝岳父這幾年對孩子的照顧。

老丈人撇了頭，不想讓外孫女和清俊看到他的臉，紅著眼眶向大家說：

「走吧！不要讓計程車等太久。」

【殺人、過失致死、傷害致死】

刑法上對於「殺人」及「致死」，有不同意思。法律上，「殺」這個字有故意的味道，「致」這個字有不小心造成的意思。殺人罪，是指故意去殺人；過失致死，是指不小心造成人家死亡；傷害致死，是指故意去傷人，沒有想要把人殺死，結果卻不小心造成人家死亡。

三個罪的法定刑度都不同，殺人與過失致死，較容易區分，像一般車禍死亡就是過失致死案件，在人家頭上開槍就是殺人案件。殺人與傷害致死，有時不容易區分，例如：朝被害人臉部打一巴掌，加害人因太用力使得被害人頭部撞到牆壁死亡，原本傷害臉部的行為，可能構成傷害罪，用力過大未預期頭部會撞到牆壁，這個不小心造成的「死亡結果」和「臉部傷害」結合在一起，就成了傷害致死罪。

無論殺人、過失致死、傷害致死，對於被害人家屬都是無法接受的結果，被告惡性的輕重也有所不同，刑罰與賠償也依惡性輕重有不同的認定。只是，在

追伸

許多親密關係的殺傷案件，是否為故意難以釐清，而法律究竟能發揮多少的作用呢？

鏡花水月

明義認識小慧是幾年前的事情。

小慧說不知道父親是誰，她的媽媽投河自盡，阿嬤說小慧這個名字是媽媽取的。媽媽死後，阿嬤接小慧到鄉下來住。這些年的鄉下生活，也不算清苦，好歹阿公還留了間土角厝[1]，讓祖孫倆人有個蝸身之處，可她就是不喜歡這樣的生活。

阿嬤連小學都沒畢業，字沒讀懂幾個，更不會說什麼大道理，能教誨小慧的，都是阿嬤的生活經驗及作人處事態度，剩下的，只能盡力疼愛小慧。鄉下可不是青春少女的絕命窟，小慧總認為待在鄉下沒有未來。阿嬤心內老是感嘆小慧從小無父無母，加上這小女孩平常就古靈精怪，阿嬤對她不是縱容就是溺愛，小女孩的霸性讓老師也拿她沒輒。

從國中開始，她學會抽菸喝酒，開始交男朋友，阿嬤對她更是沒辦法。高職輟學後，小慧在美髮院洗頭賺零花錢，儘管沒有再念書，一副稚嫩清秀的臉龐，掩飾不了青春少女的花漾年華。她一直在等待，等待著長大。她想像歲月像一把利刃，可替她斬斷與青春的臍帶關係。

少女滿腦子的想法，就是趕緊脫離單調無味的鄉下生活，盼著早日踏進大千花花世界。她老是認為，人活著不就是喜怒哀樂愛惡欲的排列組合，她以享樂主義為目標。寧願自己是個孤兒，連阿嬤的牽掛也沒了，人才能活得更自由自在。

她偶爾起了念頭，在內心深處告訴自己，最放不下心的就是阿嬤，期待未來能給阿嬤更多美好的物質生活。這樣的念頭，從來沒有落實在具體的實踐當中。反而是阿嬤經常會擔心小慧的生活起居，關心她吃穿好嗎？上學會不會被欺侮？無父無母會被人嘲笑嗎？小慧不太理解阿嬤倚杖輕撫的關心，只認為是

1 傳統建築的一種，用稻草攪泥的土角磚堆砌成牆。

老人家的囉唆。

「七情六慾，苦多於樂。不抓住美好青春歲月，是糟踏上天對於人類青春的恩賜。」她總是這麼想。

◇

起初，我不清楚明義和她的事。有一天，明義拿著一張本票匆匆忙忙跑來找我。「律師大人，該怎麼辦哪？」明義慌裡慌張地說。

當下，面對這種本票裁定[2]的小問題，我倒像是機器人般，很制式化地回應著：「要先向法院聲請本票裁定，等到法院的本票裁定確定之後，再去聲請強制執行，接著查封拍賣她的財產。」平時聽起來很生硬的法律流程，聽在明義的耳裡，頗有甜言蜜語的滋味，更像是冬日的暖陽，烘了明義的心房。

「可是，我不知道她有沒有財產。」明義狐疑地問說。

「拿本票裁定可以到國稅局去查她的財產資料，這你倒不用擔心。」

明義來辦公室找我，說小慧這位小姐欠了他錢，手裡拎了張本票給我看，直說這就是證據，盼著我儘快幫忙要到錢。「你可是我的大羅神仙啊？」明義用一副求爺爺告奶奶又很無奈的心情，對著我說。身為一位律師，面對向法院聲請本票裁定，算是簡單的小事，沒什麼困難，該辦的程序與流程，依序走完，很快就能辦妥的。仍如慣例，要先向法院遞狀，聲請法院裁准本票強制執行。很快地，完成聲請本票裁定的程序。

可是，事情卻沒有這麼簡單。小慧請萬律師打電話給我，萬律師向我轉述小慧的話，說明她沒有欠明義的錢，為何要聲請本票裁定呢？這種各吹各調

2 發票人未兌現本票時，執票人得向法院聲請強制執行，法院所下的裁定叫作本票裁定。

的事，經常發生，各自律師相互客套寒暄後，最終當然還是交給法院處理。後來，明義接到萬律師寄來的起訴狀。起訴狀說這張本票不是欠債的證明，而是「定情物」。

本票與定情物？這事還真有蹊蹺。

愛戀歡場，男人給女人金錢是體貼的表現，女人滿足男人的色慾，似乎是天經地義的道理，至少小慧也是如此認為。強烈的物欲心使然，讓她需要更多的金錢，來滿足各式各樣的物質生活。不堪生活壓力負荷，又想要達成快樂主義的人生目標，去酒店上班是條打開物欲大門的捷徑。

永遠不明白物質欲望會像地心引力，將她拉進無底深淵。無法克制自己的物欲享樂，以債養債的後果，倒頭來只能向酒店借錢，酒店老闆可不會無緣無故就借錢給她，小慧開立了一張本票作為還款的擔保。這張一百萬元的本票，起初就是她開給酒店老闆的。

俗話說臨老入花叢，作鬼也風流，這俗諺告訴男人們，應該早點瞭解男歡女愛之事。人家四十不惑，明義到了這把年紀，竟沒有交過女朋友，標準朝九晚五的王老五，循規蹈矩的上班族。就算父母催促結婚，這事也急不得。工作關係，老闆要求陪同廠商到這家酒店應酬。人家醉翁之意不在酒，他可是認真負責完成老闆的交待。沒有醉臥沙場，卻偶而醉臥家裡沙發。認真老實負責任的明義，在這裡遇見了小慧。

明義從大學時起，喜歡看看哲學的小說與書籍。杯觥交錯間，竟與她談起快樂論的哲學，偶爾還聊起唐詩古詞。他向她解釋「小舟從此逝，江海寄餘生」的道理，小慧則是嫵媚地笑說：「我寧願坐郵輪去環遊世界，也不要坐那小破舟去過餘生啊！」明義只當她是揶揄的回應，竟是更認真起來：「法國大社會學家涂爾幹曾說過現代的文明比古代更進步，但是不見得現代人過的比從前更快樂。如果談快樂，至少要從文化的角度來看。」明義覺得很有道理的講法，在小慧的眼裡，全然無稽。

「慢慢走路去高雄，我看你走不走。我認為開車、坐火車去高雄是文明的好處，遠比騎單車舒服快樂多了，還說什麼文化！」她反駁道。明義說，「追求快樂之餘，難道不用去考慮倫理道德嗎？重點應該在於人存在的價值才對。」「那又是另外一種層次的快樂罷了，你不要愈扯愈遠了。」她自然而然地回嗆著。

明義覺得和小慧抬槓，有股興奮莫名的感覺。

談戀愛確時會有種暈船般的感覺，老船長通常都會有場轟轟烈烈的戀愛，不諳水性的水手，卻經常在海上暈船吃癟，永遠成不了老船長啊！

她健談活潑的個性，略帶甜美的笑容，打動了他的心。老船長不會暈船，已經習慣海風飄搖，浪裡進浪裡出，再大的風浪都經歷過。沒有談過戀愛，明義也渴望被愛神的箭關照。畢竟，不能成為老船長，總不能連一次出海的經驗都沒有吧！這一次，似乎要乘著愛之船，划到天之涯與海之角。

之後，偶有續攤應酬，他必定帶客戶來這兒，成為此店的常客。沒有什麼特別目的，只想看看她，若說一親芳澤，明義打從心裡不認為自己是那麼俗氣的傢伙。總希望有一天，能發展出純純的愛。他勸她找份正當的工作，脫離酒店環境，期許有個美好的未來。

未來，對於她來說，太遙遠了。

她說：「阿嬤帶我們長大，相當辛苦；想當初，我和我姊，無依無靠的，是阿嬤接我們過去，至少讓我們有個溫暖的家。將來，我要努力給阿嬤過好的生活。」

「的確是，我們常說養的比生的偉大，不就是這種道理。」明義附和說。

「我也想常常陪著阿嬤，可是像我們這種沒有一技之長的人，只能倚仗青春的肉體，吸引你這種登徒子，來養活自已。要能進而養家活口，可是難的。」她嬌嗔的語調，讓他倍感不捨。

「吾輩豈非登徒子，好男兒來作護花使者啊！」

「你啊，算了吧！」

酒店包廂內，同伴們努力地尋歡作樂，各個酒酣耳熱，小姐們賣力地扭動雙臀搖擺著雙手，熱舞笙歌。他們卻沉醉在二人世界。她喜歡明義這種客戶，無須陪酒，不用陪笑臉，靜靜聽她述說過去。明義也會講他的故事，整晚是輕鬆愉快的。她向明義說明家裡缺錢所以向酒店借錢的事，因為阿嬤生病缺錢醫病嗎？過往家裡的欠債須要償還嗎？小慧欲言又止，明義也未再追問下去。

明義每月的房屋貸款，還有瑣碎的生活開銷，手頭已經所剩無幾，一丁點的積蓄是準備娶妻生子用。一百萬對他來說，不是個小數字，痴情男被騙錢之類陳腔濫調，明義只當它是老掉牙的芭樂故事。對於小慧，已非日久生情可以解釋，明義全然相信是上天賜給他的良緣，他決心要幫助小慧擺脫經濟上的困窘。明義和死黨同事閒聊此事，同事笑明義，說他根本就是《人性枷鎖》[3]裡頭的主人翁菲立普，將被心愛的女侍給無情的拋棄，明義回說這不會是自己的命運。

「每月還要給酒店利息，上班的錢都存不下來。」她對明義說。

「是啊，實在不划算。」

「假如有個相依偎的伴，今天不用淪落至此，苦命籽終究開出苦命的花。」

她無奈地說。

「在我能力範圍內，幫妳想想辦法。」

「你真的不要勉強，若要幫我，算是我向你借的。」

「不要這樣說，錢都還沒送來呢！」

3 *Of Human Bondage*，英國作家毛姆的自傳體小說，描述天生跛腳的菲立普，人生的經歷與體悟。

朦朧的月光，照在她的臉上，好看極了。她略帶笑意，閉月羞花的容貌，是小慧今天給人的感覺。不知何故，空氣中有股迷人的梔子花香，今晚她看起特別快樂。明義走進酒店辦公室，這次踏進酒店，卻不是來消費，有種奇怪的感覺，第一次的經驗總是讓人感到奇妙。

「這個日子，不是來這作客人，是來幫助朋友，喔不，是幫助我心愛的情人，是個值得紀念的一天。」明義帶著愉悅的心情，告訴自己。

酒店老闆說：「她有你這樣的男朋友，真是上輩子燒好香，祖上有積德。」小慧和明義聽到男朋友這三個字，互相靦腆地笑了。

「算是我向你借的，以後有能力我會還你的。」她則是深情地看著明義說。

「不要這樣說，有能力的人幫助沒能力的人，是天經地義的道理，我記得好像是張榮發還是許文龍說的。」

「等等，我去保險箱把本票拿出來。」老闆走向保險箱，一邊說著。小倆口卻自顧自地說話，「還好銀行願意讓我增貸。」明義解釋錢的由來，她沒有太大的反應。

「希望不會造成你太大的負擔。」

「還好，過得去。」

這時，老闆已經拿著本票站在二人面前，「這是妳簽的本票，一百萬我收了，這票就交給你囉！」

「謝謝你。」她的眼眶裡泛著淚光，眼淚忍不住撲簌而出。明義遞給她紙巾，安慰她沒有什麼解決不了的問題。

「我以後一定會還你。」

「這事再研究，好好工作存錢要緊，其他的以後再說。」明義搭著她的肩，溫柔地表示。

老闆送他們走出辦公室，嚼著檳榔，滿嘴紅通通地對著明義說：「這定情物可很有紀念價值，要好好的保存啊！」他覺得很尷尬，頻頻點頭。到底是不是定情物？明義心裡也沒譜，這感覺有點說不上來的怪，他很不好意思地快步走出辦公室。

那天之後，並沒有出現古代情郎贖身的結局，也沒有王子與公主終成眷屬的故事。畢竟，明義既非老船長，甚至還是個連正常暈船經驗都沒有的小水手罷了。之後幾次去酒店應酬，小慧與他還是有說有笑的，但幾個月後，她離開酒店，失去了消息。為什麼？明義也不知道，他去問酒店老闆，老闆抱怨小慧，說她沒來上班也沒來個電話，就這麼突然消失得無影無蹤，說她像是戲子般的無情。明義不情願老闆對小慧的批評，瞪了他一眼。

◇

明義和我是小時候的老鄰居，遇到這種本票欠債的事，硬著頭皮跑來找我幫忙。他委託我向法院聲請本票裁定，小慧則是委託萬律師向法院提出確認本票債權不存在訴訟[4]。

第一次開庭時，萬律師鏗鏘有力地講述著：「原本我的當事人向湯老闆借了一百萬元，開一張本票作擔保，並交給湯老闆保管。後來，被告和我的當事人交往，所以贈與陳小慧一百萬元，幫她還債。是因為後來二人分手，被告不甘損失，才會向法院聲請本票裁定。

「實際上，我的當事人並沒有向他借錢。湯老闆可以作證，當時是湯老闆把本票交給被告的，還說這是定情物，大家都有聽到，足以證明原告沒有欠被告錢，這本票裁定應是無效的，請法官大人一定要明察。」

4 指發票人主張與執票人間沒有債權關係，所以執票人不能夠持本票裁定強制執行發票人財產，發票人提出訴訟的一種訴訟類型。

開庭前，明義已經向我詳細說明取得本票的緣由，究竟是愛情的禮金，還是愛情的借貸，我心裡有譜，也大概猜得出來萬律師訴訟策略。「定情物」與「本票」，實在很難連結在一起；可是，這張本票，確確實實將明義與小慧緊緊地牽連著。

「被告黃明義先生，與朋友至酒店消費，認識了陳小慧小姐。雙方因為聊得來，黃先生每次去這家酒店都會點陳小姐的檯，雙方絕對不是男女朋友，只是酒店裡頭聊得來的男客與女侍的關係。

「有意無意，陳小姐會對黃先生說她家裡缺錢的事，說向酒店老闆借了一百萬元，因為長期繳納利息不划算，才會向黃先生借一百萬元代償酒店老闆，酒店老闆就將擔保的本票轉給了黃先生，雙方確實有金錢借貸關係，陳小姐說會還錢，沒有贈與原告金錢這回事。黃先生從來沒有說要給她一百萬來作為定情之事。」我站起來，語調略顯高亢，向法官說明事情的來龍去脈。

中間幾次開庭審理的內容，都圍繞在送錢或借錢之事打轉。審理至終，法官下了判決。法官一方面認為這張本票確實是定情物，另一方面也認為這定情物是借款的擔保。法官說兩方講得都有點道理，但小慧輸了這場官司，被判決要還錢。

官司結束沒多久，我查到小慧有間房子。明義委託我趕快去查封拍賣她的房子，以免被她脫產，可就功虧一簣了。自從她無聲無息地離開酒店後，明義鬱悶的心情跌宕至谷底。可是，想到還有貸款利息要繳，只能把對她的相思拋到腦後，還是得向她討回一百萬元。

查封那天，法院的車輛停在街道旁，路人有些側目，法官、書記官陸續下車，迎向我走過來，向他們打聲招呼後，一行人就直接走向一樓大廳。書記官向管理員提示法院查封的公文後，管理員放行讓我們搭電梯上樓。按門鈴，沒有人在家，書記官請執達員下樓向管理員詢問這間住戶的作息情況。不一會兒，執達員回來報告管理員說不清楚。

「這管理員還真是盡忠職守，密不透露住戶的任何訊息。」我心想。

法官在門口貼上封條後，一群人又魚貫進入電梯下樓。查封之事，算是告一段落，接下來，就等著拍賣小慧的房子，以抵償她的欠債。

◇

有一天，我接到萬律師打來的電話，萬律師問我是否記得黃明義和陳小慧那件案子。我說：「當然記得啊！『定情物與本票』，怎麼可能忘了，我們現在正進行強制執行程序。」萬律師說因為這件案子，他被法院傳去作證人。我有點訝異，這不是一件很單純的案子嗎？為何要傳律師去當證人呢？

萬律師說：「陳小慧冒充她姊開了那張本票。」

「什麼？陳小慧是假的？」

「對呀！我們看到的那個陳小慧，不是她的真名。陳小慧是她姊姊的名字，我們看到的那個人，真名叫陳小娟。」

「你怎麼知道？陳小慧不是你的當事人嗎？萬律師你精明得像諸葛亮，可是我們律師圈內有名的萬諸葛，怎麼會連你都被騙了呀？」

「什麼萬諸葛，你乾脆叫我萬猪玀好了，我真的也被騙啦！我有核對她的身分證，相片是她本人沒錯啊！」

「我還是沒搞懂，請你再講清楚一點。」我按捺不住好奇的心情，想要趕快把事情搞明白。

「我跟你說，這個假的陳小慧，冒充她姊姊的名字與黃明義來往。所以，你和我，還有你那個阿呆當事人，都被這個假的陳小慧給騙了。」

「她為什麼要這麼做，難道她認為不會被發現嗎？」

「我怎麼知道？」

「真是懸疑。」我有點俏皮地說。

萬律師最後說：「那件案子如果是我打贏就算了，今天不會發生這麼多事。你打贏就麻煩了，因為你們查封真的陳小慧的房子，這個真的陳小慧又向法院提出訴訟，主張沒有欠黃明義錢，我才會知道這件事。」

萬律師說的對，我們都被騙了。不只我們被耍了，之前那位法官不是也核對了陳小慧的身分證嗎？

我打電話給明義，請他隔天到事務所來。萬律師對我說的離奇故事，我照章一五一十，完完整整依實轉述給明義知道。聽我講完這個現代版天方夜譚，明義不置可否，他臉部表情沒有特別的變化，我無法知悉他的反應。聽我說道本票裁定可能沒有用了，明義只問我說：「錢拿得回來嗎？」我給了他模稜兩可的答案。不過，我告訴他，若萬律師所述是真的，這個陳小娟，就是那個假小慧，可是要背上一條偽造有價證券的重罪。她為了怕被關，說不定會找我們談和解求情，也許可以拿回一點錢。

為了這張本票，法院又再度開庭。

萬律師在庭上看到二位長得很像的女子，陳小慧與陳小娟分別坐在法庭後面的長板凳上。這次，法官有仔細地確認二人的身分。萬律師說：「到我事務所來委託我，是這位！」他所指的這位是陳小娟。萬律師繼續說著：「她說與黃先生交往，他答應幫忙還債，沒有欠他錢，因此請我打官司。我有核對她的身分證，也有影印她的身分證，我今天有帶留存的影本。」法官將萬律師帶來的這張身分證影本拿來看了一下，上面的相片確實是陳小娟，身分證的名字卻是陳小慧。經過萬律師的說明，法官總算明白事情的來龍去脈。

法官問陳小慧：「為何身分證會出現在陳小娟那兒？」

「我遺失舊的身分證，所以去辦新的，那是我舊的身分證。」

法官：「是否知道妳妹妹向黃明義借錢的事情？」

「我和我妹好久沒來往了，要不是因為我的房子被查封，我也不知道她和黃先生的事情。」

法官詢問陳小娟為何要這麼做？她低頭不語。由於她的沉默，法庭上出現一種詭異的氣氛，法官還是將案子繼續審完。法官最後向陳小娟說：「為了妳好，我將妳這個案子轉介調解，讓妳與黃明義、陳小慧有和解的機會，或許妳不見得會被關。」陳小娟點頭表示答應，她還是沒說話。

一星期後，進行了調解程序。陳小娟、陳小慧及黃明義坐在調解委員前面，調解委員說：「陳小姐，妳確實欠黃先生錢，不論你們之間過去的關係。對於還錢這件事，妳是否有什麼想法？」

自從不叫小慧後，黃明義對於眼前這位陳小娟，彷彿像是陌生人，好似從來不曾認識過，也從來沒見過這個人。明義對人從來沒有過這種感覺，過往的怨氣與恨意，此時此刻竟然煙消雲散。忽然間，他有點同情她們姊妹倆，眼前這位假的小慧，不管她述說的身世是真是假，過去緣慳一面，如今他確實見到了這位曾經聽聞過的姊姊。想像她們二人坎坷的成長過程，不由得又產生同情心，原本積極追債的想法，開始起了變化。明義想起了老子說的執左契而不責於人[5]，何況是對待曾經愛過的人呢！

「妳只要還我二十萬就好了，這錢我也不要了，我會捐給孤兒院。」明義語氣平和，沒有不高興的樣子，好像這二十萬不還也不要緊的樣子。

姊姊陳小慧此時說話了，她說：「謝謝黃先生，我會代我妹還你這二十萬元，感謝你讓我妹有自新的機會，也讓她免於牢獄之災。」她原本頭低低的，在姊姊說完話後，抬起頭，向明義微笑點個頭，輕聲說了謝謝，又低下頭去，

5 左契為借據，意指不向窮人追討債務。

似乎要避開和他有再次眼神相交的機會。

調解委員會完成和解後，明義不想在那兒多作停留，藉故有事先走，留下了她們姊妹倆。離開調解委員會，陳小慧和陳小娟一起走向停車場，姊姊小慧開車前搖下車窗，對著妹妹說：「在我有困難的時候，感謝妳匯來這一百萬！」

二人的車子，緩緩駛離開停車場，就這麼消失在鬧市的大街上。

追伸

【借貸與贈與】

金錢借貸與贈與，是二種不同的法律契約。把錢交給對方時，雙方僅口頭講是借貸或贈送，事後發生糾紛，一方說是借的，另一方說是送的，該怎麼辦呢？沒有用書面契約寫清楚「借貸」或「贈與」，發生爭議時，只能由相關證據來判斷。例如：富商包養小三所給的金錢、車子，贈與比較是常態；若小三有開立本票給富商作擔保或以房屋設定抵押，就會傾向是借貸。

在情人借貸的情況，如果有交給對方擔保品情況，就算是雙方的定情物，還是一種借貸關係。

親朋好友的金錢往來，不好意思簽立詳細書面契約，還是可以用一張紙，或電郵或簡訊，簡單寫一下金錢往來緣由，講明借貸或贈與，就算短短幾個字也好，避免翻臉不認帳。畢竟，不是人人都一諾千金。親密關係的金錢往來，發生糾紛時，是重情重義還是重利，決定了每個人處事的模式。來往之間的慧眼識人，遠比事後討債來得重要多了。

天堂的孩子

伴隨著夕陽西下，結束一天辛勤的工作。踏進客廳，電視機傳來《湯姆歷險記》的結尾主題曲，這曲子早聽了千百遍。不自主地隨著旋律哼了起來，「湯姆、湯姆、充滿活力、為追求理想、不怕冒險……」廚房傳來晚餐煮食聲，此刻，正是我老婆邊看卡通邊煮菜的好時光，我親愛的小寶貝，還在房間裡香香甜甜地睡著大覺。

拖著疲倦的身子回家，心情是愉快的。這二年，當爸爸的興奮感，始終不減。下班後回家第一件事，進房間換好居家衣服，老婆規定回家後沒換衣服沒洗手，禁止接觸小傢伙。未更衣前，只能遠觀不能近狎。更衣洗手後，輕輕吻了小傢伙紅通通的臉頰。「真是太可愛了」，我喃喃自語。難怪說敝帚自珍，有了親身經歷後，才能感受癩痢頭還是自己的好的道理。

播完《湯姆歷險記》，接下來電視螢幕轉成電視新聞。晚餐前後時間，家裡電視總是開著，這樣熱鬧些。老婆手藝好得沒話說，爸爸回家吃晚飯變成一種享受。「來幫忙端菜」，老婆在廚房叫喊著。飯菜端上桌後，我倆趕緊在小baby醒來前把晚飯給搞定。常常吃到一半，中間殺出程咬金，就不太妙了。

短暫晚餐約會，夫妻難得美好相聚時刻，天南地北閒聊。現在年輕少婦，會煮頓像樣的飯，難上加難。週遭朋友能像我這麼幸福，三餐有二餐在家吃的，並不多見。為了感謝老婆帶孩子煮飯的辛勞，回家吃飯是對太座的尊重。聊著正開心時，電視新聞主播語調高亢地念著新聞稿，不關注也難。

主播口齒清晰，義憤填膺說著：「被凌虐致死的小朋友，今年七歲，母親離婚後跟著唐姓嫌犯同居，這次管教過當，竟用水管和愛的小手打死小孩，二人下午已被警方移送法辦……腿上斑斑的傷痕，令人不捨……。」

母親同居人打死小孩的事件，層出不窮。「母親」、「同居人」、「小孩」，這三組詞語配在一起，像是農民曆背面的食物相剋圖解中的某一組合。虐童新聞，通常已引不起我的特別注意，見怪不怪。這次新聞畫面，卻令人感慨萬千。被虐小朋友受傷的大小腿部位，拍得相當清楚，新聞攝影鏡頭是故意的還是不小心呢？整腿滿布瘀青傷痕，幾乎看不到正常的皮膚色。剛好撇頭看到畫面，煞然怵目驚心，老婆看我表情變化，也轉頭看了一下。頓時，我倆談話的內容，馬上聚焦那則新聞。

被害兒童從小腿到大腿，前前後後，布滿條條瘀青的傷痕，新舊傷痕慘不忍睹。新聞說其他身體部分也有青紫傷疤，想不通是怎麼打的？

老婆不忍說：「打這麼兇，小孩子怎麼受得了？」

「一種米養百種人，這世界就是這樣，每天不斷上演著奇奇怪怪的事。像這種事，怎麼講。有時候想想，小孩子如果跟著媽媽和同居人這樣過下去，也不會有幾天好日子。不像人的生活，早走，人生早投胎，何嘗不是一種解脫。」我知道這樣講感覺無情，卻是實話。

「你怎麼這樣講，這是一條命呀！他們不要養，可以給別人養，不然給我們好了。」

「這兩個王八蛋當然是有問題的，事情就已經發生了嘛，很阿Q的往好處想，只能說早死早超生，不然能怎樣，打死這兩個傢伙嗎？」我只好無奈地解釋著自己的想法。

「為什麼政府不能拿出一點辦法，盡量不要讓這種事情再度發生，搞不懂虐童案為何一再發生。」老婆有點抱怨政府的無能，沒有讓小朋友的家暴、受虐事件消聲匿跡。

當夜，我們床頭夜話，多圍繞在晚間受虐兒新聞上。那時候，剛為人父母，對於這種事，特有感觸。小朋友滿布腿部的瘀痕畫面，很難從腦中抹去。揮之不去且不忍卒睹的景象，重重烙印在心中。瞧瞧睡在搖籃的小傢伙，不自覺感受到生命的悸動。我，就這麼奇妙的延續著，就這麼流轉著生之幸福。暗自期許能盡量扮演好父母的角色，要生也應該要會養，這個觀念說起來簡單，實踐起來可不容易。那位已逝的小朋友能去到極樂世界；那晚，我夫妻倆這麼希望著。

◇

看來，不是只有我看到昨天小朋友受虐致死的新聞。

還沒走進辦公室，就聽到會計小姐和祕書大人在談論那慘絕人寰的新聞。

「你有沒有看到那小孩的傷痕？」會計問說。

「有啊，怎麼沒有。我還跟我老公說，這世界上怎麼會有這麼狠心的媽媽，同居人打小孩的時候，竟然不出手阻止，好像還跟著打，簡直不是人。」

祕書對於這位媽媽非常不滿。

會計接著說：「我覺得應該是長期受虐，而且兩個人都有打，不然怎麼會全身是傷。奇怪的是學校方面，怎麼也不介入，到底社會局在幹什麼？」

祕書搭腔著：「反正不是自己的小孩，吃公家飯的就這個樣子。新聞報出來的時候，社會局就跑出來，說會加強瞭解；教育局的人也會跑出來，說什麼會要求學校加強查訪之類的話。」

「這對年輕人太狠了，真不是人，打敵人才會打得這麼用力吧！」會計愈說愈生氣。

祕書的怒氣不遑多讓：「若我是法官，一定把這二個人抓去槍斃，大快人心。」

她們說話分貝之高，讓我很難不聽到她們談話的內容。她們結束「大快人心」之後，我準備走進辦公室時，「剛才有位唐小姐打電話來找你，我說你不在，她留話說等下會再打來」，祕書氣若未消地講著。

打開電腦，確認今天行程，收發電子郵件，展開一天例行工作。唐小姐剛好來電，我停下手邊的工作。

「喂，鄧律師你好。一位朋友把你的電話給我，我有很急的案子要找律師，不知道什麼時間方便去和你見面詳談。」唐小姐很緊張的樣子，感覺她很急促。

「唐小姐，妳先不要急，大概說一下是什麼事情，讓我有個初步的瞭解，再看看怎麼處理。」

「不知道你昨天有沒有看電視，有個小孩被母親的同居人拿水管打死的新聞，今天報紙好像也有報，就是……」唐小姐大略說明她所知道的情形。新聞講的唐姓嫌犯是唐小姐的弟弟，弟弟涉案後，她透過朋友介紹找到我。

沒有告訴唐小姐我知道這則新聞，愣在電話這一頭，我有點不知所措。心想：「打死小孩這傢伙，要我幫忙，不會吧！」老天爺在開玩笑嗎？感覺沒辦法再談下去了，又不能讓唐小姐知道我的心情，只好先故作鎮定，向她表示已瞭解案子內容。我回應著：「唐小姐，不好意思，我現在有急事要處理，等會兒請祕書和妳聯絡。」就這樣，趕快掛上電話。

這時，腦袋突然間當機，一堆亂七八糟的畫面，浮現腦海，腦子天旋地轉，暫時無法運作。實在搞不清楚怎麼回事，太突然了。昨日毛骨悚然的畫面，還記憶猶存，現在，竟然要為打死小孩的人辯護，世事難料。此刻，只能靠尼古丁解救我了。

有抽菸的人，應該很能體會吞雲吐霧的快活。戒菸是困難的事，黃長壽二天一包，減量不少。不知道黃長壽好的人，還以為是平價的低級品。自從聽說黃長壽煙絲品質比較好，從此後，就不再抽白長壽了。點了根菸，在房間裡踱步來回走著，讓自己冷靜下來。身體經過尼古丁的催化後，腦袋慢慢回復正常。逐漸可以理性思考，當機的腦袋又再度重新啟動。

那時候，才有了小孩，對於這類虐童案件，非常反感。還年輕，對於理想與原則，沒那麼堅持。感覺，主宰很多待人處世的方向。

「法律事務所，不是教堂，也不是寺院；我們不是牧師，也不是和尚；千萬不要混淆了法律和道德的分際。**法律事務所，處理的是法律事實，不是社會事實。什麼是法律事實？就是證據事實；社會事實是心中的事實**。千萬不要把心中的事實，當作法律的事實。否則，會變成正直而討人厭的笨蛋。」

我常對其他律師表示這樣的看法。依照此原則行事，律師工作上的是非對錯，會有較客觀的標準，遇到法律事實與心中事實、道德爭議事件時，容易迎刃而解。作人作事有原則標準，始終吾道一以貫之。理性思考是工作上的正途，可是，我仍然認為人在最關鍵的時候，總表現得像是不理性的動物。

抽完菸後，我請助理上網搜尋這案件的新聞資料，請祕書幫我聯絡唐小姐，轉知她明天上午來事務所一趟。

◇

飛快地，同事們都知道虐童案可能要進事務所了。眾人七嘴八舌，你一言我一語。律師、助理、祕書、會計……，幾乎所有人都加入戰局，商量結論，共同指派有位方為人母的年輕女同事，請她當說客，準備來說服我拒接此案。不知是正義感使然，還是硬著頭皮，她帶著幾乎全體同仁一致的意見來找我，希望壞律師能迷途知返。

她告知，他們認為事務所不應該為了錢，什麼案件都接，像這種虐童案的傢伙，禽獸不如，事證明確，根本沒有辯護必要。宛如春秋戰國的縱橫家，她發揮三寸不爛之舌，正義凜然，條理清晰地說明，幾乎讓人沒有反駁的機會，好像不聽勸告，就是鐵石心腸的無情律師。

對於她的勸說，不置可否，我請她轉知同仁到會議室集合。

在會議室，我表示很欣慰大家對虐童案反應出的正義感，這間法律事務所的同事都是有愛心的人，多數人都擁有一顆慈悲、善良的心，看待世間事的不公不義，沒有無感；反而，對於不義者行為，大加撻伐，沒有一點兒商業事務所的銅臭味。慶幸有這群好夥伴，勇於實踐自己所認知的善良，發現老闆誤入歧途，努力地想要帶領他走出迷霧森林，重見光明。他們的良知與勇敢，值得萬分感佩。

我向他們說明：「感受到你們的善念，瞭解你們對孩子的同情。可是，我也有話要說。」

同仁們覺得我前面說的都是屁話，他們認為我只是想說後面的話。礙於我是老闆，只好靜靜地聽我說：「我想，大家都知道這裡是法律事務所，我們的工作是為當事人提供法律服務，大家當然有權選擇自己想接什麼案子，不想接某種案件。可是，你們要瞭解，法律制度的設計，法官、檢察官、律師，各司其職。律師擔任刑事案件的辯護人，職責所在，沒有什麼太深的大道理，就是『責任』二個字。我們都知道『無罪推定原則』，每個人都知道法官沒有判決被告有罪之前，被告都應該被認定是無罪的。

「不過，一旦感覺上身，管他什麼原理原則，無罪推定原則，沒有人會再堅持。甚至，對於被告應該有律師協助的憲法上權利，也無關緊要。喝過洋墨水的人講的話可能比較有道理，來看看美國憲法，特別規定被告有受律師協助的權利，這可不是我說的。感覺固然重要，如何看待及尊重自己的工作，是更重要的事，畢竟感覺只是自己的事，工作可是會影響許多人的。」

講到一半，停下來喝口水，我又接著講：「還有，過去的就已經過去了，我們能做的，是要思考如何具體實踐自己的工作，可以使未來變得更美好。例如對於一些喪心病狂或是人神共憤的案例，除非把這些人抓去槍斃，否則就要考慮他們再社會化的問題，他們總有出來的一天。

「用另一個角度來看，要這些壞蛋被告負責任，自屬必然的結論。當他們服刑結束，負完責任後，如何再進入這個社會生活，又是另一件重要的事情。案件承接與否，除了感覺之外，自己的責任、工作職責、被告的責任、法律的實踐，還有好多好多的因素必須加以衡量，這些都是應該被考量的。」語畢，全場鴉雀無聲，不清楚大家是否已瞭解我的想法。

為了解釋清楚，我又進一步闡述：「在合於律師法規定之下，律師為被告辯護，不會因為被告是誰而有不同。換句話說，除非律師違法，否則他所辯護的，實質上是這個『法律』，至於被告是誰，不是律師應該關心的。」

我多嘴又講了一個小故事。

過去，曾經處理過一件父與子民事訴訟，我代表兒子這方。印象中，老父親有三個兒子，獨疼溺愛么子，受么子慫恿，與大兒子、二兒子發生爭訟。有一次，在地方法院開庭審理時，這法官不斷罵大兒子、二兒子，說他們不孝，說他們非常不應該，還敢跟父親打官司，就像老子在客廳罵兒子，不像是在法院開庭，從頭到尾很像是人民公社公審。

我坐在下面，實在聽不下去，忍不住打斷法官的話：「審判長，這裡是法院，不是教堂，你是法官，也不是牧師，你沒有必要，也沒有權利，如此不堪地辱罵我的當事人。你可以依法認為他的主張沒有理由，但是，你不能藉由你是法官的權利，把他罵到狗血淋頭，你憑什麼罵人呢？

「你覺得父子相爭，是子女不對。你從道德去看事情，在你的職位上，這是不恰當的。你是法官，要從法律的角度去看事情，當你將道德放在第一時，你的情緒告訴你應該要去指責子女，接著你就不停地罵，從來沒有人阻止你，你就這麼不停地罵。我希望本案能回歸法律的審理，請你不要再罵我的當事人了！」講完坐畢，所有人當場傻眼，沒有人料到法庭之上，竟有人敢向法官射發連珠炮。法官聽我這麼一講，臉紅脖子粗，自知理虧，拿我沒輒，只好不知所云地草率結束開庭。

我當然知道是對牛彈琴，可是不說，這老兄就罵個不停，以為他是天王老子，可不希望上法院開庭，浪費時間聽老兄講無用的大道理，他想當道德家或當皇帝，那是他家的事，法官不是這樣當的。不論是否與這位法官據理力爭，反正這件官司都會輸，我只想告訴這位法官作人處事的道理，尊重自己的工作態度是很重要的，人必自侮而後人侮之。

走出法院，當事人很高興地向我比個大拇指，我也報以會心的一笑。彼此皆知這位法官必定判我方敗訴，勝負早定，這法官根本不管法律，完全偏執認為天下沒有不是的父母，自以為是的正義使者，早已把法律給玩完了。果不其然，第一審判決我們輸了，輸的沒道理，意料中的事。上訴第二審，算我們運氣好，遇到正常的法官，我們贏了。

聽完這個小故事，我想話也講得夠多了，請他們發表意見。同事們，對於事務所要為殘害幼童的壞人辯護之沮喪情緒，不可能這麼快就煙消雲散。此時，一位年輕女律師，十足勇氣表達自己的想法：「我沒有實際處理，不瞭解真相。但是，假如已經確定他就是殺人犯，為何還要辯護，已經確認的事實，要如何透過辯護加以改變？除非律師在辯護的過程，無所不用其極，才有可能改變這樣的事實，不是嗎？」

她是一位個性正直、堅毅的女性。

我回應：「受律師辯護，是被告憲法上的權利。審理到最後，證據該如何認定事實，法官就該如何認定事實，律師不應從中作假，也不應該無所不用其極。菩薩重因，眾生重果，我不在乎法院怎麼判，只在乎審理的程序和過程是否公正。律師應該協助國家，給予做錯事的被告一個贖罪的機會。最後，我必須要說明，只有法官的判決，才能決定什麼叫作『確認』。」

講完後，沒有人再提出其他意見，我示意散會，沒有強迫大家接受我的想法。我內心還是希望同事們，能體諒我的決定，被誤會並不是件愉快的事情。「人與人間，只有資訊的傳遞，什麼溝通、瞭解都是假相吧！」我內心有如此的感嘆。

◇

隔日，唐小姐準時來到事務所，她說很少和弟弟聯絡，不知道為什麼會發生這種事，她也知道弟弟造成一條小生命的離世，罪孽深重。姊弟之間，能幫的也只是請律師，聊表關心而已，無法多說什麼。我向她說明，會儘快去看守所看她弟弟。

頭次到看守所面會小唐，這小子二十多歲的年紀，卻有著三十多歲的面容。早已過了青春期，臉上還冒出一堆痘痘，想必他晚上都沒睡好。我問小孩到底怎麼死的？他說阿哲是女朋友的小孩，非常不乖，上小學沒多久，就開始在學校偷東西，為了管教小孩，他們才會打他，說阿哲常常說謊，講也講不聽，那天沒有打很嚴重，不知道為什麼小孩會死掉？

「你和鳳娟同居在一起多久了？」

「半年多。」

「平常什麼情形下會打小孩？」

「他不乖時，會先用講的，講不聽才會打。阿哲很皮，怎麼講都講不聽，學校老師常常向他媽媽告狀。」

「鳳娟也會打小孩嗎？」

「她比較少，不過她也知道我不是無緣無故打阿哲的，我打阿哲時，大部分她都知道。」

「會怎麼打？」

「之前有買一支愛的小手，如果他不乖時，會打他的手，因為有時他會跑給我追，我很生氣，偶爾會打他的腳。」

「我聽新聞說，是用水管打的？」

「有一次，愛的小手被打斷了，所以剪了一截黃色水管，之後就改用水管抽。不過，水管打不死人，我是這樣想，才會用水管打他。」

「可是他的腿看起來，打得很嚴重，像是經常被打的樣子。」

「他很皮，常常被打是正常的，但是水管不可能打死他啊！那天因為他又說謊，問他有沒有拿同學的玩具，明明就有拿，還說沒有，我就用水管打他，又跑給我追，在跑的時候，他自己跌倒，頭撞到地上，也沒流血。就跟平常一樣，我打了幾下，他哭完後就去睡覺。他媽去叫他吃飯的時候，才發現不對勁。」

「你們是不是心情不好，就會打他？」

小唐眼神不定地說沒有，感覺上卻是有的樣子。

那是我第一次看到小唐，他從遠方走過來，軀殼看起來輕飄飄的，像是沒有靈魂的身體。向我靠近後坐下，他對我敘述事實的經過，雙眼游移，面無表情，有顆不安定的心。

他認為用水管抽打小孩，不會造成小孩的死亡，拒絕承認犯罪。不過，他也知道小孩身上有非常多的新舊傷痕，許多舊傷還出現結痂現象。對於這些傷痕，他說阿哲很皮，有的傷是自已玩耍或跌倒造成的。我不相信他講的，因為從新聞畫面看到的那些腿傷，一看就知道是打的。小時候，我們那個年代的老師，用藤條打後腿，呈現出一條一條的瘀痕，就是長那個樣子，我知道絕對不可能是跌倒造成的。他說晚上會作惡夢，夢到阿哲跟他說很冷，小唐請他姊姊去燒些紙錢及衣服給阿哲。

那次見到小唐印象深刻，當時，他給我的感覺，就像在外面看到的小混混。只是，到了看守所，就變成悲情的小混混般，沒有笑容，整個苦臉的嘴角總是往下垂，講話的樣子，吊兒啷噹，談起阿哲的時候，還會出現恐懼的神情。總之，只能說走在路上，你不會想要和他交談。

◇

檢察官開庭時，詢問為何阿哲身上會出現那麼多新舊傷痕，前胸後背有很多塊狀青紫色的傷疤，手腳則是出現非常多條瘀青傷痕。另外，頭部有腫脹的痕跡。小唐及鳳娟的回答，語無倫次，亂七八糟，書記官根本沒有辦法將他們二人的筆錄內容記下來。他們講的根本就不合理，一下說跌倒造成，又說阿哲自己去撞牆，甚至說是和同學打架。為了掩蓋不合理講法，他們提出一套又一套的說詞，其實連他們都覺得自己講的很奇怪，牛頭不對馬嘴，鬼才相信。

檢察官很火大，提示法醫解剖報告給他們看，厲聲斥喝他們是否承認打死阿哲？他們只承認打傷阿哲，不承認有打死他。他們不認罪，檢察官不想聽他們的解釋，沒多久就結束第一次的開庭，二人還押看守所。

開完庭後，我再度去看守所看小唐。向他說明解剖報告的內容，法醫說阿哲多處鈍挫傷，併發橫紋肌溶解症，橫紋肌嚴重受傷害，造成肌肉細胞壞死及細胞膜的破壞，嚴重的肌肉傷害，肌球蛋白的濃度太高，最終導致急性腎衰竭，急性腎小管壞死，心臟功能衰竭；還有，後腦猛烈的外力撞擊，導致嚴重的腦水腫，顱內蜘蛛膜下腔有自發性出血。

小唐說不瞭解這是什麼意思，我解釋這是法醫看到的現象，就是外力造成肌肉受傷，釋放出一種物質，導致腎衰竭，腦袋則是受外力重擊，造成出血，最後死亡。他也沒注意聽，只是不停地在咬指甲，我生氣地說：「你可不可以不要再咬了，請專心聽我說話。」

我問小唐看到阿哲解剖的相片有什麼感覺？他說很後悔打阿哲，自己脾氣不好，阿哲又很皮，就是這麼回事，說得雲淡風輕。他問該怎麼辦？開庭要怎麼講？認罪好還是不認罪好？沒有給他答案，我只說：「你給我事實，我給你法律，事實只有你知道。」小唐開始有懺悔之意，他說事後想想，自己可能失控打得太兇。

這次，我們比較多的時間，是在聊阿哲的事。

他說鳳娟前夫會家暴，離婚後，由她獨自撫養阿哲，認識小唐後，他們租屋同居，鳳娟認同他管教阿哲的方式。他們在熱戀中，鳳娟怕失去小唐，所以沒有阻止他打阿哲。他們都認為阿哲是頑劣分子，是講不聽的小孩，管教起來，打他是唯一最好的方式，說是出於善意，雖然這是打小孩的爛理由，他們就是這麼認為。

阿哲平常的食衣住行，我問小唐何人在照料？他說平常作工很忙，沒在管這些，我的問題，他回答的不清不楚。聽起來，阿哲經常是餓肚子的，鳳娟也沒有在管他。我問是不是因為這樣，阿哲才偷錢去買吃的？小唐沒有說話。

「這半年阿哲的親生父親有來看他嗎？」我又問。小唐說阿哲的爸爸吸毒進監獄了，不可能來看他。

「每個孩子，不都應該是父母親的心肝寶貝嗎？鳳娟為何會允許你這樣打阿哲？」我問小唐。

「鳳娟認為阿哲跟他爸一樣，是個壞胚子，作錯事就是要打，不然以後會像他爸一樣。」

「可是，打到全身瘀青發紫，有的傷口還結痂，你們當下有什麼感覺？」

「他根本打不怕，我們也打習慣了，根本沒去管什麼瘀青，反正自己會好。」

我終於瞭解阿哲平常的生活，三餐不定，衣服破舊到不行，全身髒亂，去學校沒有人要和他作朋友。鳳娟只顧與小唐談戀愛，阿哲只要惹小唐不高興，就照三餐打，鳳娟絕對不會護著阿哲。阿哲雖然不是生活在地獄，但是，他絕對不會是天堂的孩子。

我向小唐說明，我承接此案，同事都表達不認同，大家都有看到新聞畫面上阿哲的傷勢。小唐很好奇問說：「那你為何還是願意當我的辯護人。」

我回應說：「一個做錯事的人，他必須要為自己錯誤的行為負責任。為了讓行為人有負責任的機制，我們設計出法律制度，國家有義務提供一種機制，可以讓被告有贖罪的機會，一般理解就是懲罰，被告接受懲罰，贖罪完後，不再是帶罪之身，他改過自新，應該重新生活。律師這時候扮演的角色，是協助被告如何贖罪，及受到公平審判。最後，我要向你說明，你姊付給我們的律師費，都會捐給慈善團體，對你對我，都積點功德。」

小唐聽完我的說明，有點訝異，問我贖罪的意思。我解釋贖罪的意涵後，說下次會再來，小唐感謝我接了他的案子。

回事務所的途中，忽然想起同事之前說的幾句話：「這種虐童案的傢伙，禽獸不如，事證明確，根本沒有辯護的必要。」不斷在腦海裡迴盪。

我再度去看守所，小唐說他最近晚上都有念經，迴向給阿哲。他希望阿哲能到西方極樂世界，下輩子投胎到好人家去。他說要認罪，從進看守所那天起，他沒有睡得一天好覺，入夜後就非常難過，夜深人靜後，他說反省自己的行為，感到相當的後悔，也知道於事無補，人死不能復生。做錯事確實要負責任，贖罪的一席話，好像讓他覺悟了。不想帶著內疚的心渡過此生，他希望出獄後重新生活。

「也許贖完罪後，我就是自由之身，不用再帶著內疚活下去。」他說上次我對他說的話，讓他感觸良多，唯有贖罪才能解脫。小唐接著說，自從心中有了贖罪的念頭，晚上開始睡得比較安穩。言談間，贖罪與罪疚之間的關係，他隱約瞭解了。

◇

收到判決書後，最後一次去看守所面會小唐。

他接受判決的刑期，這次，我看到他的面容，不再是討人厭的樣子。戒護從遠方把他帶過來時，看起來，他不再是沒有靈魂的樣子。我總覺得相由心生，在小唐的身上，感覺特別明顯。

「我昨晚夢到阿哲，好像在天堂，四周光明潔淨，他的樣貌漂漂亮亮，開心地向我打招呼，我希望這是真的。」小唐用贖罪的心情，述說他的夢境。我接了他的話：「阿哲解脫了，他本來就應該是天堂的孩子，每個孩子都是。」

和小唐就此道別。

【無罪推定原則】

法院判決被告確定有罪之前，應以無罪的態度及想法來看待被告，法律上叫無罪推定原則。檢察官起訴被告，讓法院來判決被告有罪或無罪。許多外在表露被告犯罪明顯的案件，在偵查及審理的過程，社會大眾經常認為被告犯罪明顯，會用一種情緒性或惡毒的批評用字方式，表達自己對案件的看法，這一種未審先判的國民文化，應有進步空間。

個案不能改變我們看事情的原則，當檢察官無法證明被告是有罪的，法院要判決被告無罪。這個刑事訴訟法的原則，是不少苦難歷史演進來的，避免國家任意用各種罪名控訴人民。法律明定：「被告未經審判證明有罪確定前，推定其為無罪。」有它的道理。當自己無奈涉訟被誤會，就能體會無罪推定不會是犯錯者的擋箭牌。

人生際遇，存在著各式各樣的誤會，有的幸運化解，有的永久石沉大海，我們的生活還是這麼過下去。刑事司法，不能有這麼多的誤會，誤判可能讓被告

追伸

就此與世隔絕了，所以必須堅守無罪推定原則。定罪了，被告就要承擔應負的責任；還有，國家也應提供一種讓被告贖罪的義務，這就是刑罰的意義！

老嫗之死

月色下，鄉間的產業道路倒著一臺扭曲變形的腳踏車，滿身是血的老婦人橫亙在路面上。明明是在歸途，但老婦人卻怎麼也回不了家。

時間回到數小時前，日頭西沉，天色漸暗，星星錯落在鄉間的天際，月光也慢慢地籠罩著田野。麻雀和白頭翁相繼歸巢。結束了菜園的工作，老婦人騎上腳踏車踏著月色準備返家。

老婦人都是走捷徑回去，從菜園邊沿著溪畔新闢的小路，不一會兒功夫，拐個彎就是一條大馬路，騎到大路後，老婦停了下來。牽著腳踏車穿越到對向，要花上比平常走路更長的時間，光是走到馬路中間的分隔島，老婦人就得花上數十秒。年紀大了，沒能走快，眼睛的輕微白內障，夜晚不良的視線，只見一位踽踽而行的老者。老婦人還在想菜園的農事，一輛雷克薩斯急駛而來，她沒有發現，還牽著車繼續前行，走到快接近馬路中央分隔島。駕駛低頭尋找面紙盒，車子仍維持同樣的速度，抬頭看到老婦人時，已來不及了。這悲劇的路口，成了二人各自命運的交叉點。

◇

幾分鐘前，聰明才告辭幾位換帖兄弟生日聚餐。前次餐酒，有人帶著一瓶久保田，大家喝了都覺得順口，讚譽有加，聰明說下次兄弟慶生，他帶幾瓶更棒的純米大吟釀。這家日本料理店老闆和他們都很熟，自己帶酒不收開瓶費，今年不喝紅酒、威士忌，眾兄弟相約改喝純米大吟釀。幾次聚餐，大夥滿口日本酒經。

聰明仍然開著他那輛鐵灰色的雷克薩斯赴宴，這次帶了兩瓶獺祭，沒想過酒後不開車這回事。鄉下地方，警察較少臨檢，計程車也不好叫，唱歌喝酒，開著車去再開著車回，司空見慣。酒酣耳熱之際，聰明常吟詩助樂，他最喜歡曹操的短歌行，以箸擊杯，敲打唱和，閒話家常，瞎鬧整晚。聰明笑說：「嘉南平原的米，也應該釀出這種等級的好酒吧！」朋友們開懷地笑個不停。

事故發生後，聰明把車停靠到路邊，將滿身是血的老婦人，抬抱至路旁。嚴重的撞擊，導致腳踏車扭曲變型。保險桿撞到老婦人左小腿，碰巧頂到腳踏車鍊蓋，將小腿給夾斷，一隻斷足就這麼掉落在路中間。

沒多久，救護車來到現場，將老婦人載去醫院，警察也來了，拿著手電筒前後來回檢視肇事車輛，觀察到引擎蓋及車頂均有凹陷，左側大燈的燈殼破裂，駕駛座前方擋風玻璃出現蜘蛛網狀的破裂，走到右後車門時，警察忽然發現右後車門把手下方，有好幾滴血跡，直覺認為輪胎應該再看一下，再仔細檢查車輪處，赫然發現在右後車輪附近有幾個疑似血跡的小紅點。不尋常的跡證，讓承辦員警認為此非單純車禍。

警察呼叫拖吊車，將車子拖回派出所。聰明在派出所等待製作筆錄期間，警察告知老婦人已經死亡。

警察問聰明：「為什麼被害人胸腹部會出現一條寬寬的斜紋？」聰明說他不知道。警察又問為什麼要移動被害人的身體？聰明說擔心後面的車子壓到老婦人，才會跑去把老婦人抱到路旁。警察冷冷地笑著，聰明則面無表情，低著頭看著地上一群爬來爬去的螞蟻。

警察請拖吊車將車輛吊起來，拿著手電筒仔細查看底盤，只看到泥巴附著物的舊痕，沒有什麼新的擦痕，也沒看到毛髮或其他東西。在右後輪擋泥板上，疑似有血點，警察拍照存證，卻沒有刮下送化驗。

當發現車門及車輪附近有血跡時，警察開始懷疑聰明倒車壓死老婦人，醫院傳來的消息說被害人胸腹部有不明十公分寬度的斜紋時，警察這時就不只是懷疑了。等到發現擋泥板上又有疑似血點時，警察更加確定聰明倒車輾壓老婦人。承辦員警納悶幹嘛要倒車輾斃老婦人？警察心想：「也許受重傷要賠得更多，所以一不作二不休把她壓死嗎？還是喝酒醉，搞不清楚自己在幹什麼呢？」承辦員警認為聰明把被害人搬到路邊，目的是要破壞掉現場。

「你有沒有倒車輾壓被害人？」回到派出所製作筆錄時，警察單刀直入地詢問聰明。

被車禍嚇醒的聰明，滿臉驚愕表情，直說：「沒有、沒有，我不可能倒車壓老太太。」

「那為什麼要將被害人搬離撞擊後的第一現場位置？」

「我擔心老婦人被後方來車壓到，所以才把她抱到路旁。」

後面的幾個問題，聰明都是回答不知道、不清楚，警察覺得他有隱瞞事情，也就不再多問壓人動機之類的事。

有件事，承辦員警起先也覺得有點奇怪，「如果從老婦人的身上壓過去，底盤怎麼都沒有發現被害人的毛髮或是勾到衣服的痕跡呢？」承辦員警左思右想，終究認為輪胎壓過去的時候，車輛底盤可能會升高，自然就不會勾到被害人的衣物或毛髮。如此推理，加上幾個跡證，讓警察認定有倒車壓人的行為。

一般類似這種死亡車禍，警方都以過失致死罪名移送法辦，本案警方卻一反常態，以殺人罪名，將聰明移送地檢署偵辦。

◇

檢察官請法醫解剖老婦人的遺體，將相關卷證送去法醫研究所鑑定，法醫說沒有辦法判斷被害人是否在撞擊時已死亡。鑑定報告上說，老婦人的臀部上面，有個明顯的雷克薩斯L標誌的印記，顯示車速相當的快，車輛的標誌才會印上去；胸腹部有條橫越身體約十公分寬的皮革樣化痕跡。皮革樣化是指皮膚表層水分快速蒸發後，脫水後的皮膚表面呈現出類似皮革或牛皮紙袋樣子的狀態，皮膚經過快速擠壓、擦撞、重擊，都有可能造成皮革樣化。左小腿經過車輛保險桿和腳踏車的擠壓而斷裂，與身體分離；頭部因撞擊而有顱內出血現象；胸腹部有粉碎性骨折，其內器官損傷；身體還有多處瘀青及擦痕；車門上的血滴與被害人的DNA相符。

依據解剖及檢視身體傷勢現象，鑑定報告書末頁結論記載：

「被害人右臀部出現一明顯的雷克薩斯之L商標印痕，表示此部分是撞擊點。被害人被撞擊後，向上彈起，肇事車輛持續向前行。被害人在肇事車輛通過之後，始墜落地面。因此，肇事車輛的後半段，不應該沾有被害人的血跡。」

鑑定報告還說，車輛於案發時的度速相當快，除了車輛的後方，不應該出現血跡外，更說明撞擊後的身體，不應該出現那條皮革樣化的痕跡。如此看來，鑑定報告雖然沒有明指車輛輾壓被害人，這樣的鑑定結果，已經註定檢察官要以殺人罪名起訴聰明。

聰明覺得酒後超速撞死了老婦人，心裡非常懊悔。事發後，為了表現誠意，他向家屬不斷地道歉，數度探訪，靈堂前道歉懺悔，希望獲得家屬的原諒，家屬是樸質的鄉下人，接受了數百萬元的賠償，雙方達成和解。檢察官依據鑑定報告的結論，起訴他倒車輾壓老婦人，並認為他為了規避殺人的責任，才會在車禍後幾個月內迅速達成和解，檢察官認為車禍案件，幾個月內就和解賠償，頗不尋常，採信鑑定報告的說法，以殺人罪名將聰明提起公訴。

第一審的法官審理這件殺人案，聚焦在聰明是否有倒車壓死老婦人。「本案有諸多懸疑處，我會認真地聽取檢察官及辯護律師的攻防意見，以期毋枉毋縱」，法官開庭時，一本正經地說著。

辯護律師主張老婦人是車禍死亡，應屬過失致死罪，絕非殺人罪。開庭時強烈要求法官判決應變更法條，辯護律師反駁檢察官的意見：「首先，關於右後車輪位置的血跡，是老婦人撞擊時的血液噴濺所產生的現象，不是倒車輾壓所造成。」這部分是起訴事實的重要證據，若不能突破這點，獲得殺人部分無罪而改判過失致死罪判決，難如登天。

辯護律師接著說：「被告沒有倒車壓人，老婦人跌落至地面處離中央分隔島約〇．六公尺，被告的車輛寬一．七十五公尺，如果倒車用右後輪去壓死老婦人，左後輪一定會爬上中央分隔島，但這是不可能的事情；況且，若有輾壓老婦人的胸腹部，車輛的底盤絕對會有擦痕或勾到老婦人衣服的證據，可是警察把車輛吊起來檢查，都沒有發現這些事實，足以證明被告絕對沒有倒車的行為。」

辯護律師最後說，聰明是擔心後方的車輛壓到老婦人，才會將老婦人抱至路邊，絕沒有破壞現場的意思。不過，為何老婦人身上會出現類似輪胎斜條紋的現象？辯護律師推測是撞擊到擋風玻璃所造成，似乎這樣的說明，連聰明自己都覺得有點奇怪，辯護律師也只想輕描淡寫地帶過，多說反而愈描愈黑。

檢察官的論告和起訴書差不多，為求慎重，法官傳訊原始鑑定報告的法醫到庭作證說明，要親自問明白。

「肇事車輛右後輪及擋泥板處，為何會出現被害人的血跡？」法官一針見血提出問題點。

法醫詳細解釋說：「這車輛的右後輪血點，並非車輛撞擊被害人時所造成。而是因為車輛輾壓跌落在地上的被害人，沾到被害人身體流出的血液所造成，輪胎行進轉動時，染附在輪胎的血液因旋轉後甩至擋泥板處，造成該處也有出現血點。」

「可是辯護人說輪胎及擋泥板上的血跡，是因為撞擊時噴濺的血跡所造成，是否如此？」

「此車輛高速撞擊被害人時，她先倒在引擎蓋上，再撞到擋風玻璃後彈到車頂，整個翻落的過程，被害人受傷噴濺的血液不會沾到車輛的右後輪胎。」法醫的講法，反駁了辯護律師的推論，讓一旁的檢察官冷笑不已。

「被害人胸腹部有條寬約十公分的斜條紋痕跡，你在鑑定報告稱這種傷痕叫作皮革樣化，可否解釋一下？辯護人稱這傷痕是撞擊到擋風玻璃所造成，有這種可能嗎？」法官針對老婦人胸腹部的傷痕，詢問法醫。

法醫繼續解釋：「我當時觀察到這皮革樣化的現象，是從右到左的一條帶狀斜紋痕，發現被害人皮革樣化處的內部臟器，同時出現粉碎性的傷害，我研判這傷痕，是因為輪胎輾壓後，皮膚表層經重壓磨損後產生，並且使得器官出現粉碎性傷害。也就是說，撞到擋風玻璃，不會產生胸腹部斜條紋的皮革樣化傷痕，也不會造成粉碎性胸腹部損害。」不啻又狠狠地打了辯護律師一巴掌，在旁的檢察官頻頻點頭，表示講得很有道理。

審理過程，聰明沒法解釋車輛後方出現血跡之事，也無法說明老婦人身上為何會出現皮革樣化的寬斜紋。辯護律師擔心沒有合理的說明，法官很可能以殺人罪名下判決，反覆問了聰明，「再想想看，當時到底是怎麼回事？」聰明還是沒有辦法提出解釋，辯護律師對於聰明是否倒車一事，似乎還有存疑，才會這麼問。

聰明這時突然覺得自己一點也不聰明，只說：「能講的都說了，信者恆信，不信者恆不信。」

辯護律師報以苦笑回應，聰明曾經聽過一個苦笑是惡運前兆之類的故事，不希望惡運上身，他請律師以後不要再出現這種表情。

最後一次開庭後沒多久，法官下了判決，法官認為雷克薩斯車前L標誌，在老婦人的臀部留下印記，判斷當時車速相當快，發生撞擊後，老婦人翻滾經過引擎蓋、擋風玻璃、車頂，最後從車後方落地。法官說當時尚無證據認定老婦人已死亡，而且，由前述的撞擊過程中可以看出，車輛右後方及車輪附近的血跡，不可能是撞擊所造成。針對底盤沒有擦痕之解釋，法官認為該車輛的右後輪輾壓老婦之胸腹部時，車輪爬上老婦人的身體時，底盤也隨之升高，所以底盤的位置，不見得會勾到老婦人身體或衣物，底盤也就不一定會產生擦痕或留有毛髮跡證。

至於辯護律師說：「老婦人掉落至地面處離中央分隔島約〇．六公尺，被告的車輛寬一．七十五公尺，如果倒車用右後輪去壓死老婦人，左後輪一定會爬上中央分隔島。」法官反駁說：「沒有證據認定倒車輾壓老婦人時，車輛是與中央分隔島垂直方向倒車，也就是說，老婦人雖然是掉落在中央分隔島附近，但是車輛倒車的方向與分隔島的相對位置，有諸多可能性，聰明的車輛左後車輪是否會爬上中央分隔島與是否倒車輾壓，沒有必然的關係。」

案發後，警察測得聰明呼氣酒精測試之濃度值，高達每公升〇．九十五毫克。法官私底下曾向書記官說：「酒醉到這種程度，竟還開車上路，可惡的傢伙！喝名酒，開名車，很行嘛！」打從心裡，法官對於聰明就不帶有好感。這種酒鬼，什麼鬼事都幹得出來，這是法官內心的想法。

對於第一審判決結果，聰明早有預感。判決認定撞到老婦人後，被告有倒車壓死老婦人，殺人罪成立。判決書還說聰明為了掩飾殺人罪行，才與家屬達成和解，判聰明十五年有期徒刑。聰明收到判決書後，提出上訴。第二審高等法院南部分院的審理過程，沒有新的證據調查。基本上，還是與第一審的證據資料差不多，不出所料，高等法院南部分院仍然維持原判。下一步，聰明只能期待最高法院了，如果沒有發回重新審理，判決就會定讞。

◇

「今天挺逍遙？」

「喂喂，今天是我和阿狗約會的日子喲！」

「知道啦，沒急事會吵你。」

阿狗是我心愛的黃金獵犬，愉快的週末午後，帶著阿狗，漫步在古木參天的明池，享受森林浴。接到老婆打來的電話，她大學室友的表哥在嘉義有件上訴最高法院的案子，問我是否可以幫忙。之前沒聽她提過這事，她說室友急如星火。約當晚碰頭，請這位表哥把所有資料帶過來，看卷再說。掛上電話，無奈告別風月無邊的虫二世界。

那晚，聰明抱了大疊的資料，當然還包括解剖老婦人的相片。用很短的時間看完前面二審的判決書後，我覺得這個案子有點怪，「酒醉到這種程度，車速快到mark都印在屁股上面，沒有剎車痕，要倒個五十、一百公尺，這可能嗎？」至少我是這麼想著。可是關於老婦人胸腹部的斜條紋痕及車門、車輪附近的血跡，要如何解釋？確實有許多疑點。

要說服法官，一定得先說服自己，這是身為律師的基本良知。俗話說聽其言，觀其行，人焉廋哉！我還無此功力，無法聽觀出真相。太多人問過他同樣的問題，我就不再問他到底有沒有倒車了。

閒聊之際，我順手翻到一張照片，讓我恍然大悟。

「這張相片是誰照的？」我問聰明。

「是警察針對老婦人掉落位置的搜證照片。」

「為什麼之前都沒有使用這張相片？」

「這是警察隔天到現場照的，不是案發當天照的，只能看到現場的馬路或分隔島，沒什麼用處。」

「用處可大，等我確認後，再跟你們說。」

一個簡單的證據和基本的物理常識，就能解決大家的疑惑。前後參與本案的幾十人，為何都沒人發現？當晚，我帶著發現新大陸的心情入睡。

十五年徒刑的判決，讓聰明對於未來感到忐忑不安。他北上跑了近三百公里來找我，無非希望求得殺人部分無罪判決的一線生機，接了此案，我壓力不小。他詢問案子有幾成勝算，「案子成功若以十成勝率來算，案子本質占了三成，法官因素占了三成，律師功力占三成，運氣占了一成。」我胡亂講一通。

老婆一旁接著逼問說：「到底勝率有幾成啊？律師老是說些人家聽不懂的話，從不正面給個肯定答案。不能說直接一點嗎？」

搞得我有點小尷尬，只好再胡扯一番：「這樣說好了，我覺得這案子本質上應該拿到二成，法官若正常一點，算個一．五成，我拚了命盡力拿個三成，你最近多作點好事，運氣部分，就算只拿個〇．五成，你看這樣就有七成的勝率。」

「你有沒有搞錯，他連續二審都被判殺人有罪，你說有七成無罪的機會，是真的假的？」老婆很投入這個案件，訝異地說。原本看起來有氣無力的聰明，聽我這麼講，像是吃了大力丸般，整個人精神為之大振，頻說萬事拜託、萬事拜託。

回應老婆的質疑，我說：「妳覺得輪胎壓到人，身上會不會留下胎紋？」

「好像會。」老婆和她的大學室友會心一笑，總算聽懂我的話。

「老婦人身上的斜紋是胎紋嗎？」

「看起來不像。」

「答案不就出來了。」

「可是，鑑定人不是說輪胎壓的才會造成這痕跡，還有器官都壓壞了。」

「難道只有輪胎會造成這種現象嗎？」

「這我們就不知道了。」老婆的語氣比較和緩，也了解此案確實疑點重重，為了她的大學閨密，看來她是很認真的。

「我想親自去看現場。」我說。

為了瞭解事發經過，我和聰明相約去現場看看。

聰明到車站來接我，到了案發地點，他說案發當時一百公尺處有座加油站，車禍地點附近還有個檳榔攤，現在已經倒店。中央分隔島沒有變，只有馬路重鋪柏油，路面標線有點不一樣。我拿起卷宗內當時現場拍攝照片，指著照片上呈現紅色血跡的位置，他說這就是老婦人落地位置，當時他是行駛在內側車道，老婦人已經快走到中央分隔島，撞到之後的落點，靠近中央分隔島的道路內側。

我再拿這張照片，請他看仔細一點，我說：「在老婦人落地時的血跡位置，旁邊的中央分隔島上面，也有一塊較不明顯的紅色痕跡。」他仔細看，回說之前沒有注意到。

我推測最高法院非常有可能發回更審，到時候可要請那位鑑定的法醫再來一趟。肇事車輛已經發還聰明，放在附近的倉庫，請他帶我過去看看，這輛雷克薩斯表面滿是灰塵，我拿張白紙放在右後車輪下面，取下車輪的印紋，並測量輪胎的寬度，瞭解右後車門、車輪附近血點位置，看到車頂上有個大凹洞。勘測完畢後，聽明載我回車站。路上，我問說：「你相信因果輪迴嗎？」他說相信。我又問：「如果十五年刑期判決確定，你覺得冤嗎？」。他說：「老天的安排，就只能認命，不然怎麼辦。」認命是無奈嗎？互道再見，我得趕緊回去準備上訴的資料。

◇

肇事車輛的右後車輪寬度，前審法官曾經詢問原廠輪胎製造商，確認寬度為二十一．五公分。但是，老婦人身上所出現的皮革樣化斜條紋，寬度為十公分左右，而且沒有出現輪胎紋路。此外，鑑定人依老婦人臀部出現之雷克薩斯的L商標印記，說明肇事車輛時速至少在一百公里以上，現場沒有剎車痕，表示車輛是撞擊後在接近上百公尺的地方停下來，依照聽明當時的酒醉程度來看，在這條省道上要倒車一百公尺，難以置信。這二點抗辯，原來審理的法官，不知什麼原因，存而不論。

最高法院審理後，認為原來的判決是有問題的。最高法院的法官也認為，老婦人身上沒有胎紋，鑑定人為何可以斬釘截鐵地說是輪胎壓的？其次，酒醉的人不太可能倒車一百公尺去壓人？果不其然，最高法院把此疑點重重的殺人案，發回高等法院南部分院，本案又再重新審理。

開庭前一天，我偷偷把女兒的芭比娃娃藏在公事包，她沒有玩具汽車，只好請聽明幫我準備一輛玩具汽車。開庭當天，我手上的芭比娃娃和玩具汽車大小相仿，看起來不大相稱，不管了，反正可以拿來比手畫腳，總比沒有來得好，這二樣小道具，成了辯論時的最佳武器。法官同意由我來詰問鑑定人，這是鑑定人第二次來法院作證。

「老婦人被這輛雷克薩斯撞到時，右腳與身體分離；請問這右腳斷裂、身體分離處是否會流出血液？」針對最重要的血滴疑問，開始進行我的問題。

「會的。」法醫知道這是常識。

「切斷之後，多久會流出血液？」

「立刻會出血。」

「車輛撞擊點，是在保險桿位置，還是車輛標誌的地方？」

「人和車子都有撞擊點，依據我當時檢視被害人的傷勢，被害人第一撞擊點是在右小腿，汽車第一撞擊點在保險桿。被害人第二撞擊點在屁股，汽車第二撞擊點在雷克薩斯的標誌；被害人第三撞擊點是在頭部，汽車第三撞擊點是在前擋風玻璃。」

「那請問車輛的第四撞擊點是否在車頂的左後方？」

「是的。」

「是否接著掉落地面？」

「當然是。」

「請你看一下這張照片，靠近分隔島旁有塊血跡，這是否就是被害人落下的位置？」

「那裡有出現血跡，只能表示身體曾經在那裡停留過，但不一定就是落下的位置。」

「假若血跡只有這一處，是否表示就是老婦人落下的位置？」

「有可能屍體會彈落，若只有這一處血跡，應該就是落下的地方，但若還有其他血跡處，就不一定了。」

我覺得相當納悶，在鑑定報告時，他不是說撞擊當下，無法判斷老婦人是否已經死亡，這時候，他怎麼會說「屍體」彈落？

「你看一下前面這張照片，在中央分隔島旁水泥角邊處有個紅色的區塊，這是否是血跡？」

「看起來應該是。」法醫仔細觀看照片後回答。

「再回到我們剛才討論老婦人落下位置，確認分隔島角邊水泥處有血跡，這處血跡位置的下方路面上也有血跡，是否表示老婦人先掉到分隔島的水泥處，再掉落柏油路上？」

「依照片顯示的證據及物體掉落的軌跡，應該是這樣子。」

當初我看到中央分隔島出現血跡的照片，已解開皮革樣化之謎。可是鑑定人斬釘截鐵地說是輪胎輾壓身體，若不能提出推翻錯誤鑑定之關鍵，他打死絕對不會承認自己的錯誤。有關車輛沾有血跡的問題，鑑定人為何忽略一些血滴的常識？

「你剛才說，老婦人被撞擊翻滾掉落過程，是從引擎蓋、擋風玻璃、車頂，再往後彈起落地，身體的斷足處是否會在空中噴濺血滴？」

「應該會。」

「這種噴飛在空中的血液跡證，是否會很明顯？」

「不會，一般而言，血滴的速度有中速、高速不等，若是棒子打出血的時速約莫十公里，這是中速血跡。像槍擊造成的血跡一百公里左右，這是高速血跡。高速血跡的大小可能是小於〇．一公分。」

「你認為本案的血跡是哪一種？」

「依當時L標誌清晰地印在身上來看，這時速應該有一百八十公里以上。那就應該是高速血跡。」

「這樣在空中飛濺的高速血跡，車輛往前行時，是否會沾到這血滴？」

「有可能會。」

「右小腿與身體被撞擊分離時，請問各自落地的行進位置，可否說明？」

「身體就是往上彈起，再往後落下；車輛從小腿開過去。」

「你說身體從車頂向上向後落下，小腿從底盤向下向後掉去，請問在車輛的四周是否可能因此滴到血？」

「是有這種可能。」

「斷足的血液若從底盤下方飛濺，有無可能沾到輪胎附近的位置？」

「要看血滴的行進方向，應由斷肢的運動方向判斷。」

「你在說明車輛右後方不應出現血跡時，是否有考慮身體、斷足出血的因素？」

「這不是重點。」他答非所問。

「輪胎若壓過身體，身體又沒有出血，是否可以認定輪胎或車門附近的血液，是身體或斷足處所噴濺而成？」

「若身體其他部位沒有流出血液，當然就有這種可能性。」

「你有沒有看到車輛的右後輪那部分有血跡？」

「我沒有看到車子，是聽警察說的。」

「那你為何之前作證說是被告車輛右後輪輾壓？」

「因為我聽說右後輪有血跡，才會作證說是右後輪輾壓。」

有關車輛後方不應出現血跡的鑑定結論，忽略斷足出血飛濺。車輛前行正好行經血滴飛濺方向，車身沾染血跡是正常的情形，鑑定人只因胸腹部有出現不明痕跡，在胸腹部沒有出血的情況下，道聽塗說車輪有血跡，胡亂指稱車輛後方不應該出現血跡等語。

「被告當時的呼氣酒精濃度是〇．九十五，地上沒有剎車痕，是否表示他當時意識不清，才沒有踩剎車？」

「是的。」

「你曾說這是你鑑定車輛最高速撞擊的一次，可否判斷老婦人被撞擊落地後，這輛車又往前行進多少距離才停下來？」

「應該由車速來判斷，我當法醫幾十年來，從來沒有看到撞擊的汽車標誌這麼清楚地烙印在被害人的身上，過去我只看過不完整，或是一部分印記，不然就是很輕地印在被害人的身上。這次我看到的是很深、很清楚的印記，這是我從事法醫實務以來沒有見過的，所以我判斷時速在一百八十公里以上。若每分鐘三千公尺，一秒鐘就可行駛五十公尺，用此標準來計算，就可知道停車的位置。」

「假設依你認定的速度來算，是否至少在撞擊後一百公尺以上的距離才停下來？」

「應該是。」

「你剛才說被告意識不清，有可能再倒車一百公尺來壓老婦人嗎？」

「不見得是倒車壓，有可能是再迴轉正面輾壓啊！」

「可是你之前作證是倒車輾壓？」

「我只是猜測其中一種情形。」

「你是說車輛正面輾壓，車輛後方出現血跡？」

「我沒有這樣說。」

「你之前說『屍體』會彈落，是否表示撞擊時老婦人已經死亡了？」

「這個……我有說屍體嗎？依車速來看，七、八十歲的老人，撞擊時應該很有可能就死了。」

「那你鑑定報告為何說明無法判斷撞擊時是否已經死亡？」

「這我忘了。」

鑑定人之前說倒車輾壓，這次改口說可能是迴轉後再以車頭輾壓；鑑定報告說無法判斷撞擊時是否死亡，現在說可能已經死亡。

「之前我們已經確認，老婦人是從車頂先掉到中央分隔島，再落到旁邊的地面上，請問，如果老婦人掉下來時，胸腹部先撞到中央分隔島的紅色部分的水泥處，胸腹部是否會產生痕跡？」

「應該會。」

「如果是斜掉到分隔島的角邊，再落到地面，身上的痕跡是否有可能是斜斜的紋路？」

「有可能。」

「你看一下這張老婦人的照片，胸腹部斜向帶狀皮膚有局部的三十乘以十公分的皮革樣化，這三十及十公分是何意思？」

「就是橫越身體部分是三十公分，寬度是十公分。」

「這輛雷克薩斯的輪胎寬度是二十一．五公分，但是老婦人身上的斜紋是十公分，你還有可能認為斜紋是輪胎壓的嗎？」

「又沒有規定一定要全輪輾壓或部分輾壓。」

「你的意思是說輪胎有二十一．五公分寬，一半壓身體，一半懸空，是這樣嗎？」

「不是這樣說，我不在現場，怎麼知道怎麼壓的。」

「二種物體緊密的接觸，是否會產生相當程度的物質轉移或是互換？」

「有可能。」

「若因此產生的痕跡，例如本件的皮革樣化痕跡，是否就是法醫學所謂的印痕？這印痕是否為工具痕的一種？」

「是的。」

「工具與工具痕的實際比對，是否為判斷二者有無接觸的最有效方法？」

「是的。」

「依據八十島信之助的《法醫學入門》說，汽車的輪胎很容易在人體表皮印出痕跡，是否正確？」

「應該如此。」

「按前述工具痕的原理，如果是輪胎重壓著有衣物的身體，衣物是否會出現輪胎的微物？身體是否會出現胎紋？」

「都有可能。」

「本件皮革樣化的痕跡看起來不是輪胎紋，是否表示不曾出現輪胎的工具痕？」

「或許吧！」

「依此現場跡證及前述物理原理，你還有可能認為老婦人的胸腹部皮革樣化，是輪胎輾壓的嗎？」

「我拒絕回答這個問題。」

「前面我們說老婦人從車頂先掉到分隔島的角邊水泥處，分隔島的角邊若為工具，請問胸腹部撞擊後的擦痕或工具痕，二相比對是否正確？」

「只能說這樣的可能性很大。」

問的差不多了，芭比和玩具車穿梭問答之間，算是幫了不少的忙。我最後的問題是「老婦人的心臟解剖後是否發現完好並無損傷？」鑑定人也知道心臟沒有被壓壞，叫我自己去看解剖報告書，他似乎不想再回答我任何問題了。

不滿我對鑑定人咄咄逼人的態度，鑑定人和法官對我皆有敵意。我猜法官心中有種感覺，「北部來的和尚了不起嗎？」我想，沒有一顆柔軟的心，或許變成別人眼中正直而討人厭的好人，這樣的寫照也無所謂吧！

◇

這些年來，聰明面對此案的糾結心情，已轉化成一股懺悔對世的坦然，他說：「不管是否拿到法官這三成分數，對我而言，是永世難忘的教訓。」聆聽宣判前，聰明對我講了這段話。

和煦的陽光從窗外照進來，老舊的法庭顯得格外溫暖。法官用平緩的口吻宣讀了判決結果，站在庭下的聰明，面容沒有太多的情緒起伏，我知道他內心是激動的。

法官變更檢察官的殺人罪起訴法條，改判過失致死罪，因為和家屬達成和解，加上聰明沒有任何前科，犯後態度良好，法官宣告有期徒刑一年、緩刑五年，殺人部分則判決無罪。沒想到，我們拿到法官這三成分數。年深歲改，曠日十年，受害者付出生命，肇事者消耗年歲，此案終告確定。

幾天後，我邊吃早餐邊看報紙，刊頭醒目的標題吸引著我的目光——〈恐龍法官！酒駕殺人，判決無罪！〉嘆了口氣，我將報紙闔上。

追伸

【酒駕犯罪】

幾十年前，沒有酒後駕車這條罪。現在開車，若駕駛呼氣酒精濃度0.25mg/l以上，論以酒駕刑罰。一般大眾會有怪罪法官判刑太輕，導致酒駕犯罪居高不下，這是錯誤見解。近年來，監獄受刑人每年收容人數約莫十一萬多人（扣除出獄人數，實際在監人數約莫六萬人），每年新入監人數約莫三至四萬人，一半以上是毒品與酒駕者。酒駕犯罪類刑，一直排名前五名，酒駕問題是一個社會問題，整體面向，若以法律問題的角度去看待及處理，終究徒勞無功。

預防酒駕，除了嚴刑峻罰或多蓋監獄，實際上，良好便利的大眾交通工具、生命教育的加強、代駕共乘的推廣、潛在酒駕者的法律啟蒙、酗酒者的戒癮治療及其他相關面向防治，才是政府應該投入更多資源的良策。降低酒駕犯罪，唯靠良善社會政策，絕非靠刑事罰可以達到效果。酒駕，到底是一種病，還是一種罪呢？

古字畫

菩覺寺，菩提薩埵覺悟之佛寺。

響亮的寺名，會以為這是一間香火鼎盛，參拜者絡繹不絕的寺廟。外觀古意盎然，攀藤古樹翠鳥啼叫，空幽靈隱，小而美來形容菩覺寺，再恰當不過了。這座深山林內的小寺廟，住持、小和尚加起來，不過十來人，倒是參禪悟道的好地方。

一個小和尚正在庭院掃著落葉，同樣的陽光，在城市毒辣難耐，在這兒是和煦的。深呼吸，聞到的盡是森林中的香靈氣息。

正殿有座盤腿而坐的釋迦摩尼佛像，左右分為文殊菩薩、普賢菩薩，脇侍為阿難尊者、迦葉尊者，後殿的佛像菩薩，最為人熟知的大概就是觀世音菩薩了。福地福人居，這兒住持是位和藹的老和尚，親切慈祥。寺裡的人，依著傳統佛教戒律過著生活，令人肅然起敬。

一樁古字畫買賣爭議案件的困擾，總縈繞在我的心頭。事情是這樣的，有位客戶買到假的古字畫，買賣契約模稜兩可的文字記載，讓買賣雙方發生爭議。為了這案子，煩惱了一段時間，某日空檔的一個午後，偷閒去山上散心，沒有特別目的，上了車又是開去菩覺寺。

「也許在那兒，能夠得到解決問題的靈感。」思緒自動浮起這樣的想法。老和尚見我眉宇深鎖，不似平常輕鬆，問說怎麼回事，我便將近來心中困擾之事告訴了老和尚。

「你想太多了，應該平常心看待呀！不能因為是大老闆的案子，就把壓力放這麼重，反而適得其反。」老和尚一語道破問題點。有道是雲深不知處，只緣身在此山中。

「是啊，有了輸不起的壓力，事情實在很難有所進展。」我無奈地說。

「要記住，順性而為。過去你是怎麼做，你就還是那樣做嘛。萬宗歸一，一即為道。三心二意，有分別心，乃生執著。執著會讓煩惱不斷地上身，惡性循環下去。」老和尚語重心長給我指點迷津。

我虛心受教，繼續問：「您覺得我最大的執著是什麼？」

老和尚給了很誠懇的建議：「您這問題不就是最大的執著嗎？」

猛然一棒，真是把人給打醒了。提到執著，三不五時將諸行無常、諸法無我掛在嘴邊，總是提醒自己世事無常、不要執著。什麼三法印、四聖諦、五蘊、六度、八正道、十二因緣，說得頭頭是道。當下，發現自己只說得一嘴好功夫，不免有點懊惱起來。

◇

山上回來後，我從那件古字畫的爭議案件中開了小悟。放空生有，無中生有。空無不是空，空無不是無，實在是很奇妙的事。

某上市公司老闆委託我辦理一件案子。這位大老闆想要蓋間大飯店，附庸風雅，思忖擺些中國名家真跡字畫極品，營造出中國式的風格。西式的飯店，伴隨著古典式中國風，這是上流人士隱約要表現的感覺。透過飯店莊總經理介紹，大老闆買了一批古字畫，準備運到上海的飯店陳列展示，沒想到竟買些贗品回來，賣方表示不負真偽的責任，硬說一口價賣斷，還怪莊總傳話錯誤，與賣方無關。雙方談不攏，這事就鬧上法院。

這位黃董事長，小學時候看了一部「大飯店」之類的電影，著迷於大飯店的氣派布置、精緻美食，從此興起長大想要開大飯店的念頭。黃董曾向朋友說過：「弄一間飯店當作自己的家來布置，算是興趣兼投資吧！」年輕時，陰錯陽差進入電子業，很幸運的，趕上電子業發光發熱的浪潮，搭上蓬勃發展的電子業列車，賺錢都賺在浪頭上，黃董輕而易舉地發了大財。集團子公司在上海的飯店，業已進入裝潢收尾的階段，再過不久，黃董小時候的夢想即將實現。

黃董為了要布置飯店，交待莊總搜集中國古字畫或名家真跡，用來裝飾飯店門面，以示古典大器。正巧，莊總幾年前過逝的一位拜把兄弟，生前有收藏古字畫的嗜好。拜把兄弟的太太芙青嫂，曾向莊總提及，若有人要買丈夫的收藏，她可以把家裡那些老古董全都割愛。這批名畫書法，有張大千早期的書法，也有明代仇英的畫，還有任伯年、徐悲鴻的畫作，大半是中國名畫書法，也有些較不知名的書法家、畫家的作品，摻雜其內。

芙青嫂對這些一竅不通，她只聽過張大千、徐悲鴻，其他人是誰，她毫無所悉。平常不苟言笑的丈夫，每每提到這些寶貝兒，經常講得口沫橫飛，眉飛色舞，出現難得輕鬆愉悅的面容。芙青嫂頂多只是虛應而已，她對這些東西，絲毫沒有一點興趣，然而丈夫生前同她說這些收藏品背後的故事，就算是對牛彈琴仍自得其樂。

丈夫走後，留給她這些東西。擔心被偷，又怕被搶，太潮溼不行，還不能被蟲虱抓咬，真不知如何保管這些老傢伙。這些老東西，反倒造成她很大的困擾。要不是還能值幾文錢，她早把它們給扔了。

古字畫易主的時候似乎到了，因緣際會，莊總把芙青嫂介紹給黃董認識。她說有批古字畫要賣，可請黃董過目，丈夫生前曾說這些都是真跡，不是膺品。黃董豈懂字畫這玩意，還不是請莊總找行家進行鑑定。委託的大陸行家，原本打算啟程來臺灣鑑定畫作真偽，但簽證辦不下來，鑑定之事就一直懸著。礙於黃董的催促，莊總竟然想出一個怪招，他把這些字畫全部照相後，傳給大陸行家鑑定。大陸那頭行家粗略看過後，認為這二十幅字畫，可能都是真跡，市價也許值個一千多萬人民幣，換算成新臺幣約莫五千多萬元。

飯店開幕迫在眉睫，古字畫買賣之事，不能再拖下去了。莊總把初步的鑑定報告轉知黃董，若都是真品，黃董同意開個實價，打算用五千萬把這批古字畫全買了，他請莊總儘快去處理買賣字畫的事。

莊總聯絡芙青嫂，轉述董事長大概意思，之前已確認那批二十幅古字畫，同意五千萬買下來，說是實價，不給加價。提及古字畫真假之事，芙青嫂表示她不懂古字畫之事，不負責真偽的鑑定。莊總及芙青嫂相識多年，二個人隨手拿了張紙，把重點寫下，買賣契約之事就搞定了。芙青嫂最後加了一句「乙方不負真偽鑑定之責任」，乙方是指芙青嫂，她說從來沒有鑑定過，反正賣斷就是了，莊總不以為意，鑑定真偽之事由甲方負責，「這鑑定費還花得起。」莊總很大器的同意了，他認為這句話反面，不就是保證買的都是真品的意思嗎？芙青嫂之前說字畫都是真跡的保證，竟疏忽忘了寫上去。

這張買賣契約只是草稿，莊總不敢擅自主張逕自簽約，簽約之前先傳給黃董過目，收到這張傳真，黃董只盯看價格是否正確，其他內容連瞄都沒有瞄一眼，然後對莊總說：「你全權處理就是了。」

古字畫買賣的交易，很快就完成。莊總先後交付芙青嫂五千萬元，這二十幅字畫也陸續裝箱運到上海去。隨後，那位大陸行家到飯店進行實體鑑定時，發現只有半數是真跡，其餘都是贋品，這下可麻煩了。莊總打電話給芙青嫂，說收到的字畫有半數是假的，芙青嫂回應她也不懂這玩意，雙方約定碰面再講。莊總立刻從上海飛回臺北，約在芙青嫂家附近一家小咖啡廳。

「嫂子，妳可不要害我，當初講好五千萬買這批字畫，說好都是真跡，怎麼會有半數是假的。」莊總見面就抱怨不停。

「是你兄弟還在的時候，他跟我說都是真的，也不是我說的啊！」

「我被董事長念了一頓，他說這樣不行，半數的假貨不值錢，要退一半的錢。」莊總打開天窗說亮話，說明自己此行目的。

「當初就說賣斷，我也沒有掛保證，才會說你們自己去鑑定。」

「嫂子，妳這樣說就不對了，談了幾次，我都相信妳，妳今天說什麼不保證，這話不對嘛，這豈是作人的道理。」

「價格你們開的，鑑定你們作的。我又不懂這些玩意，你們大財團，才瞭解這些東西，一手交錢，一手交貨。真假都是你們在說，說難聽點，退回來的字畫，是不是我當初交給你們的，我也不知道。你現在回頭跟我說這些，是要怎樣？」

「這件事很簡單，我們保留真的，假的就還給妳，妳退我們二千五百萬。」

「你突然跟我說這些，一時我也理不出頭緒，還要再想想，今天我們就講到這吧，之後再電話聯絡。」

看在兄嫂一場，本來認為芙青嫂應該會同意他的提議，沒想到芙青嫂的表現讓他相當失望。傷心難過的神情，明顯地寫在莊總的臉上。退錢的事，要折騰好一陣子。

莊總回到上海向黃董報告事情處理的進度，被黃董罵得狗血淋頭，劈頭就來一記：「契約不是說保證都是真的我們才買，她想要賴嗎？」

「她口頭有保證說是真的。可是，可是……契約上是寫『乙方不負真偽鑑定之責任』，她就說字畫都賣斷了，不應該負責任。」莊總支支吾吾地說著。

「你簽那什麼契約，有這種道理？真偽我們鑑定沒錯，可是鑑定出來是假的，就該退錢。」接著，黃董又給莊總一頓排頭。

「董事長，我會想辦法逼她把這二千五百萬吐還回來。」

「算了算了，你有什麼本事去逼，再講下去也於事無補，下星期二，我們一起回臺灣，我找律師處理這事。」

不出所料，與芙青嫂不歡而散後，她再也不接莊總的電話，透過朋友也找不到芙青嫂，擺明拒絕莊總的要求。

◇

黃董和莊總同行來到我的事務所，寒暄一番後，莊總說明這批古字畫買賣的背景緣由，並把事情前因後果詳述一遍。我仔細過目這批古字畫的照片，「嗯，有溥心畬、張大千的書法，還有仇英、徐悲鴻、任伯年的畫，其他一些書法家或畫家，大概只有行家才會知道名字吧！有沒有把買賣契約帶來？」

莊總從公事包拿出一張紙，沒寫幾行字，說這是買賣契約。「不可思議呀！這張紙，怎麼看都不像是五千萬字畫的買賣契約。」顧及大老闆的面子，我沒有當場噗哧笑出來。

「這張紙也太簡單了吧！」

「當初相信賣家是莊總的熟人，應該不會有什麼問題，我們負責鑑定，如果是假的，就應該要退貨還錢，沒想到，這死老太婆收了錢，轉頭就翻臉，不承認說過字畫是真的，真是可惡。」黃董氣急敗壞地埋怨這筆交易。

「依照你們說法，雙方講好的意思，其實是賣方『不負鑑定真偽的責任』，不是賣方『不負真偽的責任』，換句話說，就是要負真偽的責任，是這樣嗎？」莊總對這深得己心的講法，感到天降甘霖般的暢快，一掃不安的陰霾，搶著回答：「就是這樣，律師你說的對。賣方表示不負責任鑑定，所以才會這樣寫，我當初認為如果不管真偽，買來統統都是五千萬，那還鑑定幹嘛！實在不敢相信，這女人貪得無厭到這種程度。」

「假的那些畫作，還在上海嗎？」

「現在都存放在臺灣公司辦公室，等著賣方退錢，然後把它們送回去。」莊總說。

黃董拜託我處理古字畫退錢爭議事件，我寄了律師函給芙青嫂，希望她看在莊總和老公是拜把兄弟的份上，能協商出圓滿的結果。人為財死鳥為食亡，此類如繁星般的故事，總有它的道理。我收到芙青嫂委託律師答覆，客氣回說，價格是黃董自己開的，契約也沒有保證字畫是真跡，簡潔明確地說：「拒絕退錢！」

「對方既然不願和我們談，只好上法院了。」收到對方律師回函後，我很快地代理黃董提起訴訟，請求法院判決對方返還二千五百萬元。「本件請求，情理法應該都站得住腳，於情理，芙青嫂應該給莊總一個交待，於法，賣方應該給買方一個公道。對方認為書面資料沒有保證買賣的字畫是真跡，不應該退錢。口頭的保證不也是契約的內容嗎？」我這麼想著。

◇

收到法院通知開庭的傳票，像是一場宣戰的告知，通知雙方到固定的場域進行一場生死鬥。戰鬥、戰鬥，難道法院就只是戰鬥的地方嗎？

本案首次開庭那一天，法官問這紙契約「不負真偽鑑定之責任」，到底是啥意思？

「若不管真品贗品，賣方不用負責，那還鑑定作什麼？這句話只是說明鑑定部分由買方負責，鑑定出贗品，賣方還是要負責的。」我開宗明義地闡述契約的真正意思。

被告律師則說：「整份契約沒有說出售的書畫，保證都是真的，只不過買方要求鑑定，我造當事人就說那你們自已去鑑定，才會寫上那句話的，這才是真正的意思。當初言明，全部買斷，就一口價，沒有什麼事後可以退貨這種事。」

法官：「這批書畫當時市場價值多少錢呢？」

我說：「這種藝術品，尤其是這批書畫根本沒有在市場上流通，很難有個客觀絕對的市價。所謂市價，乃是由有經驗的鑑定人，依過往經驗，大概判斷出來的價格。當初這五千萬的價格，就是大陸那邊的鑑定人用經驗值判斷出來的。」

法官：「契約上只說買賣這批書畫，沒有說真的假的這件事，只有提到賣方不負責鑑定真偽的責任。原告說賣方不負責鑑定真偽責任，只是指不負責鑑定這件事，反面來說還是保證真偽，不過這反面來說還是推論而已。被告說契約上沒有寫明保證真偽，原告可否再加強舉證所謂保證真跡的證據？」

「這古字畫的買賣，是莊總經理和被告談的，莊先生可以證明絕對有保證真跡，雖然沒有寫得很清楚，可是莊先生的想法是認為真假要經過鑑定，他認為賣方不想出這個鑑定的錢，那就由買方來出這個錢，才會寫成那樣子的，傳莊總經理來作證，一切可真相大白。」

雙方你來我往，看起來，事情沒什麼進展。法官沒有什麼既存的定見，開庭時懶懶散散的，彷彿這案子還有得搞，不用急，慢慢來。第一次開庭即將終了之際，法官當庭勸說兩造可否談談和解，雙方也不想潑法官冷水，都同意法官的建議，本案訴訟就這樣暫停下來。

出庭後，我向對方律師表示：「莊總講得很清楚，當初講好全部是真品的價格才是五千萬，若有假的摻雜其中，我們可能會提出詐欺告訴，希望這案子不要開花，大家用點智慧，看看如何解決。」

談判總是要有籌碼，我向黃董詢問和解的底限，黃董阿沙力地說：「我也知道訟終凶[1]的道理，這樣好啦，隨便你怎麼談，我只要拿回一千五百萬就算了。」

◇

1 訴訟到最後，不論輸或贏，對於相告的兩方都會造成不良的影響。

我和莊總閒聊之間，得知芙青嫂是虔誠的基督徒。孫子兵法所謂知敵之情者也，千古名言。我請助理探聽她平常假日作禮拜的教會，以及教會平常從事的相關活動，發現這間教會的教友，常常會去A育幼院從事關懷院童的活動，許多教友也會去A育幼院作志工，同時輔導小朋友的課業，協助搜集二手物資，像是衣物、文具、玩具之類的東西，進而發現這家教會還定期小額捐贈A育幼院，芙青嫂都會參與其中。

「原來，芙青嫂也是很有愛心的歐巴桑嘛！」

古字畫爭議的案件，進入調解程序。這天，我代表買方前往法院參加調解會議，賣方由芙青嫂帶著律師出席。雙方講了一些客套話後，開始進入正題。和解芙青嫂還是堅持己見，我則表示不可能用如此價格買到這樣數量的字畫。和解沒有這麼好談的，調解委員講了長篇大道理，要雙方各退一步，經過調解委員三寸不爛之舌的努力後，芙青嫂表示同意退還二百萬，這個數字和黃董的底限差太遠了。僵持不下的時候，我接到莊總打來的電話，步出調解室接電話。

「我們結拜兄弟老五，昨天跟我說，芙青嫂曾向老五的老婆說，很感謝我把這些字畫介紹賣給我們老闆，還說這批字畫都是真的，賣到五千萬。我覺得這是很重要的證據，趕快打電話告訴你。」莊總在電話那頭，將這個重要的訊息告訴我。

講完電話，我緩步走回調解室。

「這樣耗下去，不會有結果的。」走進調解室時，起了圓滿的念頭，我忽然想到圓覺經所謂：「圓覺心建立，猶如虛空花，依空而有相，空花若復滅，虛空本不動，幻從諸覺生，幻滅覺圓滿，覺心不動故。」凡事圓滿覺悟還真是難，空有的道理，真是不容易理解。

「醜話先說前頭，和解不成，民事官司繼續打，刑事詐欺告訴，我們很快就會提出。剛才那通電話是莊總打來的，他說有通錄音，可以證明芙青嫂曾經說過保證賣的字畫是真的，而且還說真的才會值五千萬元。我請莊總明天把這錄音拿給我聽，實在不希望走到這一步。」這次我講起話來，鏗鏘有力，胸有成竹。

「大家還在談和解，大律師不要講這種破壞氣氛的話，既然都來了，就看雙方退讓的空間，先不要說打官司的事，可以嗎？」對方律師很有經驗的出來打圓場。

我觀察芙青嫂的眼神，她是虛恐慌張的，芙青嫂及她的律師，都在猜想錄音這檔事，到底是真還是假？他們無法確知我的講法。我又繼續說：「這樣好了，談這麼久也沒結果，我出去打電話給黃董，問他最後的底限，談的成，我們就和解，談不成，我把錄音拿上法院，一翻二瞪眼，委員你覺得這樣好不好？」

調解委員陪著我們這樣搞，已經談了二個多小時了，僅僅牛步的進展，讓委員有點沮喪地說：「這樣也好，那你去外面打電話，我們等你的消息。」

出去上完廁所後，我又回到調解室。

「我們當事人願意退一步，黃董是希望退還二千萬元，你們考慮看看。」我說話時，從口袋拿出一條手帕，將手上的水漬擦乾。

調解委員這時也頭痛了，一方要求退二千萬，另一方只願意退二百萬，差了十倍，這可差太多了。剛才那通電話之後，我知道對方的堅持，已經開始鬆動，錄音證據到底是真是假？沒人知道。芙青嫂絕對記得自己過去說過的話，她也擔心被告刑事詐欺，到底是要豪賭下去，還是要就此下車，她心裡想必也在掙扎。

「我們剛才討論了，最多退一千萬元，這是我們的底限了。」芙青嫂的律師終於開出千萬價碼。

調解委員發現和解出現曙光，又開始講些大道理小故事。大家也很捧場地回應，說他功德無量，助人無數，德高望重，調解委員樂呵呵地繼續勸和解。只剩下一千萬的差距，調解委員再度打起精神，賣力地扮起和事佬的角色。「大家都是好朋友，就各退一步，不要這麼堅持嘛，給我個面子。」誰會因為陌生人的面子退讓千百萬元？調解委員習慣這樣說話，不過就是和解時的慣例，客氣話罷了，沒人覺得突兀。

這時，我拋出了一個建議：「人家說施比受更有福，我們這種和解的施與受，好像比較困難。如果說，把和解金一部分捐給慈善機構，是不是很有意義，我們集思廣義，也許這是一種和解思考的方向。」

對突如其來的建議，雖然覺得很奇怪，眾人又認為或許是一種可行的和解之道。

「大律師怎麼會這麼有愛心啊？」芙青嫂的律師，講話時諷刺的語調，讓人覺得酸溜溜。

「沒有啦，平常我都有捐贈家扶中心、公益單位或一些育幼院，我常叫人家捐錢，自己總要以身作則吧！想到這也是作功德，積福報，共襄盛舉。」接著，我特別補充，這個月是捐贈A育幼院。聽到「A育幼院」，芙青嫂露出不可置信的神情，她突然變化的表情，有如一片烏雲忽然遮住太陽，整片大地呈現黑暗的陰影。

「哪有這麼巧的事？」她心裡會出現這樣的疑問應是正常反應。我特別從口袋拿出捐贈的收據作為證明，「昨天請助理去匯款的，匯款單今天拿給我。你們看，就是這家育幼院。」這不經意的舉動，卻讓芙青嫂心裡打顫。

談到這兒，看得出芙青嫂已經沒有那麼堅持不退款了。現在，只差退款的數額。此刻，調解委員使用平常調解時的慣用技倆：「把二邊主張的數字加起來除以二！」他說：「不然這樣好了，就一千五百萬元和解，大家各退一步，這樣好不好。」調解委員對於提議捐贈一事，沒有理睬，雙方律師都說要和當事人再討論。

「那你們在裡面討論，我去外面打電話。」我逕自開門朝外走出去了。

調解委員說：「我也出去倒個茶，你們各自再想想看。」

十多分鐘後，進到調解室，沒等到大家說話，我先開口說話：「我們黃董堅持最多再退二百萬，他說只能接受退還一千八百萬，再少很難談下去。」

調解委員想要表示意見時，我還是搶著說：「我有告訴黃董事長不要那麼硬，後來，我建議他『慈悲為懷，助人為樂』，不然這一千八百萬，他實拿一千五百萬，另外三百萬捐給A育幼院。」黃董考慮後，同意我的建議，不知道你們的意見？

芙青嫂的律師本來要講話，她用手示意律師不要再說了，由她自己回答。芙青嫂說：「這官司我不想打了，也累了，這些字畫原本就不是我的東西，我老公知道這些字畫能用來作點善事，應該會感到非常的欣慰，今天也感謝調解委員的努力，一千八百萬就一千八百萬吧！」芙青嫂的律師有點訝異，想要再進一步阻止芙青嫂，看她說話的樣子，已是塵埃落定，也就不好再講些什麼。

「妳的決定，將會造福許多小朋友，我替他們感到高興，也為我的當事人向妳致意。用妳及黃董的名義，共同捐贈這家育幼院三百萬元，將是美事一樁。」芙青嫂也同意我的提議，和解的內容，就這麼敲定了。

和解程序，在調解委員結尾語末，宣告結束。調解委員說：「我幫人調解幾十年，第一次看到這麼功德圓滿的和解，原告被告都能盡棄前嫌，還共同捐贈這麼多錢給慈善機構，這真是非常難得的一件事，相信參與其中的人，都會很有福報，我也是其中一個喲！謝謝大家幫忙，再見。」這場真假古字畫的爭議，就此落幕。

調解室充滿了怒怨之氣，每次走進去都感受到一股奇怪的氣息，那次調解也不例外。調解結束，芙青嫂已稍減先前的敵意，達成共識後，她如釋重負，講話的語調也平和許多，調解前後判若二人。說也奇怪，和解當下，那股奇怪的氣息竟消失得無影無蹤。

◇

和解後的那個週末午後，我驅車前往菩覺寺。

雨方停歇，太陽再度露臉，寺前的遠山上出現一道彩虹。沒有因為聽到來車聲音而分心，老和尚佇立在寺前庭院，遠眺前方的行雲綠樹和那一抹彩虹。直挺挺、靜靜地望著遠方，我走近老和尚的身旁，和他一同欣賞前方的美景。此際，小和尚手上拿著一朵花，從後頭跑向老和尚，嚷嚷叫著：「師父、師父，拈花微笑的道理，我終於懂了。」看到小和尚的樣子，我和老和尚都會心一笑。

追伸

【契約】

當事人講好了，契約就成立。什麼叫講好了？法律用語是：當事人互相表示意思一致者，無論其為明示或默示，契約即為成立。除非法律有特別要求契約成立的方式，原則上，口頭或書面方式都可以有效成立契約。例如：到飲料店說：「我要一杯去冰紅茶！」就成立了紅茶買賣契約。幾億元的交易，都能以口頭方式成立。契約雖然成立生效，卻可能因為文字寫得模稜兩可或口頭講得不清不楚，造成當事人各自解讀，甚至彼此對契約內容的意思有誤會，更會產生爭議。

不要以為「契約」是指「契約書」，兩者是不同的概念，契約書只是證明契約內容的證據而已。就算有了「契約書」的文書證據，都可能因為當事人的解讀或文字記載不明，造成爭議。因此，當事人要能完全理解及掌握契約的內容，再來成立契約吧！

金議員

金議員佇立在病房外的小陽臺，兩手無力懶散地搭在矮欄上，望著如勾似弦的月亮，迷人的月光併著如靛藍般的天空，他卻無福消受。這些日子以來，腦瘤造成不時的抽搐與頭痛，腦袋好似成千上萬隻螞蟻在哪兒鑽洞。想到明天的開刀手術，金議員嘆了口氣，一拐一拐步履蹣跚回房去了。

◇

兩年前的一場議員選舉，選情緊繃，各路人馬都卯足了勁。

警方接獲線報金議員選賄，檢舉他拿錢給樁腳邱村長，安排村民旅遊，還發放禮券，旅遊期間一再拜託村民支持金議員。警方對此事展開調查，不敢掉以輕心。

旅程結束，遊覽車才剛下交流道，警方直接攔車，參加旅遊的人，全押去警局作筆錄。

邱村長向偵查員說：「金議員與我家是世交，我自發性幫忙助選，沒有什麼行賄的問題啦！」

「村民說免費旅遊還發禮券，這不是賄選嗎？」

「真的冤枉啦！」

「冤個頭，我們早跟監你很久了，你招待村民的錢不都是金議員給的嗎？在福王宮旁交給你的，對吧？」

邱村長結結巴巴地擠出幾個字：「他爸欠我家的錢，他他他拿來還我們啦！」

「邱村長你不用再假仙，我們搜證很齊全，你不是在車上還要大家高喊『凍蒜』，你要怎麼瞎掰，自己去跟檢察官講。」警察不悅地削了邱村長一頓。

檢察官火速起訴金議員與邱村長，共犯賄選罪。

法院開庭時，金議員刻意戴頂鴨舌帽。進入法庭，金議員脫下帽子放在一旁，坐定被告席，凹陷眼窩枯瘦臉龐的神情，流露出一股不安感。

檢察官扼要說明起訴內容後，法官問：「被告，你認罪嗎？」

金議員拒絕認罪，作了簡單答辯：「邱村長講得很清楚嘛！他辦活動，本來就是例行性村里辦公室旅遊，根本沒有說是為了選舉。更何況，敬老重陽禮券都是村長發放的，跟我沒有關係啊！黑函說的內容，全都不是事實，請判我無罪。」接著，金議員的律師滔滔不絕反駁證據不足，辯稱被告是被誣陷的，敵手知道村長和金議員交好，故意利用村里例行旅遊活動，寄黑函檢舉成賄選活動，被告是冤枉的。

法官：「你不是在福王宮那邊拿錢給邱村長嗎？」

「之前就講過很多遍了，我爸向邱村長他哥借了二十萬元，我幫我爸還這筆錢，也有拿出借據給檢察官看，但他就是不相信。」金議員講起話來，一臉無奈。

法官：「可是為什麼要約在土地公廟還錢呢？」

「啊我打給邱村長時，他剛好要去土地公廟拜拜，才會在那還錢，為什麼這樣也有事呢？」金議員說。

法官問同案被告邱村長是否認罪，邱村長地檢署偵查時就已經認罪了。他回答法官，懊惱自己雞婆，重陽敬老例行旅遊時，在遊覽車上唱卡拉ＯＫ，唱著〈你是我兄弟〉這首歌，唱得太開心，想到自己的好兄弟準備競選連任，手上拿著麥克風，便順勢一邊唱一邊講要大家記得投票給金議員。發放禮券時，也忍不住向村民多講幾句要投給金議員，沒想到造成天大的困擾。邱村長說自己是主動去做這些事，金議員完全不知道，也沒有指示要這麼做。

檢察官駁斥邱村長的講法：「有村民證稱邱村長有說該次旅遊及禮券都是金議員出的，希望村民全力支持，一定要投金議員。而且，邱村長該次旅遊和禮券費用，支出及核銷的帳目，亂七八糟。邱村長說他一人賄選，是不實在的。」

法官開了幾次庭，傳訊參與旅遊的村民作證人，村民大多作證有聽到邱村長講旅遊及禮券的費用都是金議員出的。邱村長的哥哥到法院作證，他說一年前拿現金二十萬元借給金議員的爸爸，因為是好朋友，借錢沒有收利息。

法官不相信金議員拿二十萬元給邱村長是償還父親的債務，比對了村民的講法，再加上這次重陽敬老禮券的金額，比過往多了一千元，法官認為邱村長袒護金議員，沒有採信他的說法。

第一審法官判決金議員賄選罪成立，判刑三年有期徒刑。

接到律師通知判決結果，金議員在電話另一端大罵律師：「你不是說會無罪嗎？搞什麼東西！」怒氣沖沖地把電話給掛了。

金議員心情不是很好，好幾天沒有外出應酬，在家等著判決書寄過來。

◇

第一審宣判時，時序剛好入冬，夜裡冷冽寒風吹過這一條不少霓虹閃爍的街道，行人瑟縮，身影匆匆。某一天，金議員的特助施家村，站在一家咖啡情人座的店門口講手機，天冷縮著脖子，店內的人跑出來請他進去裡面講電話，施家村用手示意，在門口講就好了，講完就進去。

「五十收了！明天我去處理。」結束通話，施家村用兩手搓揉著嘴裡呼出熱氣，小跑步進了店內。

「明天議員會處理啦！」施家村兩手緊抱著手提包，小小聲向店老闆說。

前一陣子，警察經常來臨檢，搞得生意快作不下去，客人都不來了。咖啡情人座的老闆打電話給金議員，說明最近狀況，希望金議員幫個忙。金議員知道他的意思，表示會請特助過去處理，雙方講好五十萬買安心一整年，後續就由施家村去辦妥這事。

收到刑事判決書前，金議員透過朋友打聽到岳律師，聽說他打刑事案件很拿手，處理不少件漂亮的刑事官司，人相當細心，邏輯思維及推理能力很強。

收到判決書後，金議員請朋友聯絡岳律師，約面會討論上訴的事情。

岳律師仔細看完判決書後，金議員問說：「你有辦法嗎？」

岳律師講了幾個判決書提到的重點，直白說明不容易推翻證人的證詞。

金議員表情一沉，現場氣氛僵住了。岳律師委婉地表示：「最近很少打賄選案件，能力有限啊！尤其你這案件，有好多村民證人，就算我重新再詰問，不知是否有翻盤的機會。」岳律師連客套話都免了，他擺明不想接這個案子，讓金議員吃了軟釘子。

對於岳律師的態度，金議員不是很高興，起身走人時還冷言冷語：「感謝撥空會晤，等我判無罪時，絕不會忘了打通電話給你！」

臨走前，金議員在門口竊語：「人稱岳飛律師，果然名不虛傳，不過終究死在秦檜的手下。」此時，岳律師的助理在門口將一包東西交還給金議員。

◇

上訴第二審，由張熊法官擔任金議員上訴案件的審判長。

施特助花了一番功夫，打聽到張法官的親朋好友。施特助所屬某社團的會長莊律師，他老婆和張法官的太太曉琴熟絡，莊律師順理成章擔任金議員的第二審委任律師。

一天，莊太太和曉琴在飯店喝下午茶，閒聊間，施家村打電話給莊太太，說有急事要談，她請施特助直接過來飯店講。

施特助到場時，莊太太將他介紹給曉琴認識，施家村神神祕祕把莊太太拉到一旁，窸窸窣窣貼耳說話，好像怕給旁人聽到內容，鬼祟講悄悄話的滑稽模樣，分明是作給人看的。

「坐著一起聊嘛！」曉琴客氣地說。

「剛好我也沒事，就打擾了。」

施特助叫了杯咖啡，陪著兩位女士閒聊。兩女實際年齡四十上下，平日都保養不錯，看起來比實際年齡小一點。施特助業務出身，很會察言觀色，開頭就說：「張太太看來皮膚真好，應該只有三十多歲吧！」

曉琴聽得眉飛色舞，開心地搗嘴笑道：「三個孩子的媽，雙二十年華啦！」

「看不出三分之二甲子的年紀，真的。」施特助能言善道的功夫了得，難怪是金議員最倚重的幕僚。

三個人邊吃著甜點，邊聊著共同感興趣的話題，彼此發現參加的社團，都有共同認識的朋友，聊得更起勁了。看來，莊張二人都是活躍於當地社交圈的。曉琴提到最近搬新家，正在找一幅歐式風格的畫來裝飾，施特助自告奮勇說一位好朋友開畫廊，有機會可以帶她去看看。儘管施特助滑舌個性，但言行尚知分寸，加上他平時健身保持身材，沒有丁點中年發福體態，五官還算俐落，雖不是什麼美男子，卻是同仁眼中的黃金單身漢，頗得中年女人的好感。

結束愉快的下午茶，沒幾天，施特助約了曉琴去朋友開的畫廊看畫。曉琴不懂藝術，僅僅因新家是仿歐式建築，為搭配客廳一隅裝飾，想選一幅歐式風格的畫。施特助陪著曉琴觀賞畫廊數十幅名畫，她相中一幅張義雄的歐洲風景畫的十號作品，藝廊老闆說她好眼光，還說這幅畫以後會增值。準備談價錢時，施特助說：「這我來處理，到時候再算啦！喜歡最重要。」

「這不行吧，買東西不付錢，怎麼行呢？」

「還要送去家裡面找位置掛上去，我朋友去你家裝上去，適合再說嘛！」施特助講了讓人難以拒絕的一番大道理。

曉琴心裡也明白，這畫可值好幾十萬元，既然人家都這樣說了，她也卻之不恭。施特助陪曉琴買完畫後，二人相約去附近蜜蜂咖啡店談天喝咖啡。看來，他們見兩次面就相當投緣了。

有一天，莊太太打電話給曉琴，說是換季折扣，約她去百貨公司逛逛撿便宜。閒逛之際，莊太太說：「聽說妳家掛上新的畫啦！」

「是啊！還真搭。這施特助也真是的，我錢都還沒付，他朋友就把畫給送來掛上。」

「喔，我就是為這事約妳，順便逛個街。」

「什麼事啊？」

「不就金議員那案子，你老公在審呀！」

「我不過問他工作上的事情。」

「哎呀，反正妳也不用管，畫妳先掛著。施特助那天陪藝廊老闆去掛畫，發現妳家還有一個適合二十號油畫的位置，過幾天他會想辦法找一幅張義雄作品過去。」

「這樣好嗎？」曉琴說話有點扭捏。

「好朋友不用拐彎抹角，就這樣啦！喂，妳不是說缺一件風衣？走，去這家看看。」

結束對話，她們兩人繼續走進下一家名媛專櫃。

之後幾週，曉琴常常和施特助單獨喝咖啡聊天。幾個月後，兩人開始共同出入汽車旅館。

◇

金議員的案子進入第二審，首次開庭時，張法官問金議員上訴的理由？

「我真的是冤枉的，邱村長辦的旅遊我也沒去，我也沒請邱村長幫我拉票，更沒有出錢贊助，這是那門子賄選？那個禮券，邱村長每年敬老重陽都有發放，檢察官為什麼一定要針對我呢？非常不公平，我不能接受第一審判我有罪，絕對上訴到底。」

張法官再問檢方意見，第二審的檢察官輕鬆以待，似乎沒啥準備，呆板地將起訴書及判決書簡要內容，毫無生氣地念了一遍。

接下來幾個庭期，大概都在討論要調查哪幾位證人，有無其他重新聲請調查證據之類的事情。莊律師解釋去旅遊的村民，有幾位講的不一樣，希望再傳訊作證，要證明村民的理解錯誤。

邱村長第一審判決有罪附帶宣告緩刑，就未再上訴了。

不過，張法官審理時，還是傳他來當證人，張法官問他：「你在遊覽車唱歌，車上有錄影嗎？」

「有是有，都一年多了，遊覽車公司應該洗掉了。」

「那有人幫你攝影或錄影嗎？」

「我回去問問看，也許有人拿小型攝影機，在旅遊時全程拍攝吧！」

經法官這麼臨門一指，莊律師告訴金議員，請他務必盯著邱村長去把這段唱歌畫面給找出來。邱村長將旅遊名單找出來，一個一個去問，還真的給他找到了。有位年輕的村民，平常就喜歡拿著V8到處拍，剛好那天拍到邱村長在唱〈你是我兄弟〉。

莊律師、金議員和邱村長，三人在律師事務所反覆觀看這段畫面，都說是間奏唱得盡興時，自然散發出幫助好朋友好兄弟的一種作為。

「由畫面看來，這是一種自發性行為。」莊律師難掩笑容地說。

受到鼓舞，金議員枯瘦的臉容肌肉擠出一絲難得喜悅。

第二審過程，傳訊幾位村民再度為證人，同時勘驗邱村長唱歌的畫面。最後進入合議庭的辯論程序，三位法官坐在庭上，張法官擔任審判長坐在中間，威風凜凜，在書記官宣讀案由案號後，本案進入第二審的尾聲。

宣判日當天，金議員和莊律師相約去打高爾夫球，連日陰雨綿綿，這天總算難得放晴了。踏在綠意盎然的草地上，久未露臉的陽光，讓他們兩人樂活動了起來。

施特助在莊律師的事務所等著判決結果，收到了消息，施特助立馬打給金議員。

「好極了。」雀躍歡欣的金議員，笑得好開心。

莊律師在一旁，嘴角微微翹了起來，向金議員點了點頭。金議員知道改判無罪的消息，開心地用球桿來回攪著草地。

判決後幾週，金議員接到了檢察官上訴最高法院的訴狀，案件進入第三審。對於檢察官來說，這是例行性的上訴。第二審以勘驗邱村長唱歌畫面表情及語態等，以及村民作證的前後不少矛盾，認定第一審判決過於牽強，撤銷原判決，改判無罪。

岳律師看到報紙刊登金議員改判無罪的消息，他上司法院網站查到了金議員的案件，果然改判無罪，仔細瞧了辯護人和審判長的名字，對於此二人風評，岳律師略有所聞。金議員當時的話言猶在耳，岳律師心中不禁感嘆無言。

◇

取得第二審無罪的判決，金議員鬆了口氣。不過，當聽到會計跑來和他講這件事，他心情又煩躁了。

「這是真的嗎？」金議員問會計。

「應該是，那兩幅我明明付二百萬元，藝廊老闆卻問我那一百五十萬元要不要開發票？特助的朋友好像覺得講錯話，就沒再多說了。」

金議員表情凝重：「我知道了。」

施特助和曉琴這一段時間打得火熱，兩人卻很小心，盡量選擇在外縣市活動。有一天，警察在汽車旅館臨檢，一位偵查佐覺得側身坐在床旁邊的女子，很是面熟，出來旅館時，偵查佐想起來，前幾天不是在場婚禮上見過面，張熊還特別介紹這是他的漂亮妻子，「她不是張熊法官的太太嗎？」偵查佐心裡大吃一驚。

曉琴直覺見過臨檢的偵查佐，故意側身撇臉，還是被認出來了。此刻她起了念頭，決定和施特助斷絕來往。

經過會計的告知，金議員將施特助叫來問：「你為何要汙了我五十萬？」

施特助低下頭，沉默不語。過往知所分寸沉著辦事的態度，全都不見了。金議員斥責他一頓，說他辦點事就攬了天大功勞，驕傲放縱起來，膽大包天到連他的錢都敢拿。

「就當是你的遣散費，你滾吧！」

施特助自知理虧，一句話也沒吭，靜靜地轉身離開。

拖著疲憊的心情，施特助回到家，從口袋掏出手機，不自主地滑到曉琴的電話號碼，打過去是關機的。連續幾天，曉琴都沒接電話。一星期後，曉琴終於接電話了，施特助被告知不要再打電話給她了。經過上次警察臨檢，她被嚇到了。施特助這才明白，原來自己的玩世不恭，不過是人家的逢場作戲罷了。

◇

高等法院政風室接到一封檢舉信，內容詳述金議員行賄張熊法官的過程，裡頭還有許多張熊法官家裡陳設的相片，當然包括張義雄的兩幅油畫擺設的照片。因為這封檢舉信，金議員的案子很快又發回高等法院重新審理，張熊也遭到上級調查。

金議員這兩年老得很快，頭髮斑白許多，躺在開刀病床上，等待進行麻醉。金議員一陣目眩後，頭部的刺痛慢慢消失，眼皮緩緩闔上。這些日子以來，他終於能好好地睡個覺了……

追伸

【賄選】

公平選舉為民主基石，這是人人都能理解的簡單道理。如果候選人以直接給予金錢或等值物品或其他利益之方式，影響選民自由行使投票權的意願，會被認為破壞公平選舉制度，應施加刑罰懲治。給予何種金錢價值算是賄選？何種價值算是正常人情餽贈來往？司法實務通常依據主管機關法務部訂頒標準，標準很多，法務部曾以三十元為標準，候選人發放「文宣品」在新臺幣三十元價值以內不算賄選，但法院仍會視個案狀況來判定。候選人也都知道這些標準，但賄選還是層出不窮，不容諱言，臺灣人民的民主文化及守法素質有待提昇，若沒有收賄者，哪來的行賄者呢？其實賄選之交付及收受二方均有罪責，分別為「投票行賄罪」及「投票收賄罪」，收賄的一方也需負擔法律刑責。

選舉實務，也常見候選人大開政策支票圖利選民，俗稱政策賄選，卻不符合法律上賄選的定義，此類政策賄選不受規範處罰，這樣公平嗎？良善的公共政策與賄選，著實難以區分，然而，一旦實質公平正義被以某種形式加以破壞時，再多的說理，都無法說服他人應該守法。

屍骨

秦詩湖在夜店留連整晚，獨自兒喝了不少悶酒。這傢伙都離婚一年多了，還揮之不去對前妻的恨意，無法承受與面對因緣聚合的道理，可以好聚卻不能好散。凌晨二點多，他帶著濃濃酒意，走起路來搖搖晃晃，推開夜店沉重的大木門，踉踉蹌蹌走向店外，拿起手機打給阿豆。

「喂喂喂……聽到沒？明天下午三點到茶坊，幫我叫奇頭一起來。」電話接通後，秦詩湖急促說話又含糊的聲調，讓對方聽不清楚他到底在講什麼。

「屄骨，這麼晚打來幹什麼啊！靠！你實在攪人清夢！裝鬼嚇人啊？」電話這頭，阿豆睡眼惺忪地拿著手機掛在耳旁。阿豆在高中時期，幫秦詩湖取了屄骨這綽號。

「幹、幹、幹、幹什麼，幹大事啦！明天來我再跟你說，奇頭有在你那嗎？」秦詩湖酒後講話有點大舌頭，音量不小。大舌頭發出的巨大聲音，迴盪在深深的夜裡，劃破了靜靜的夜。

「知道啦！奇頭在我這，明天我叫他一起過去。」講完電話，阿豆倒頭繼續昏睡。

茶坊是秦詩湖這群死黨聚會講事情的老地方，服務生領進門後，要經過一道道彎彎曲曲的迴廊，才會走到客人預訂的包廂。店家仿中國古代建築，蓋了這座優雅的茶坊，更特別的是還有水上亭臺樓閣，如似江南風光，池塘外盛開朵朵蓮花，置身此處，恍若隔世。小桌靠在窗櫺旁，往外望去，白天有田野好風光，天氣好時的夜裡還有滿天星光，偶有白鷺絲、喜鵲飛過樹梢，只有那笨麻雀會飛進包廂來，是座別緻的茶餐廳。常見人們在這說事情聊是非，談戀愛的人喜歡這的幽靜。就因為這兒謐靜，不少見不得人的勾當也是在這談成的。

阿豆和奇頭先到茶坊，二人玩起撲克牌打發時間。一會兒，秦詩湖接著後頭走進包廂，躡手躡腳的樣子，讓人覺得好笑。阿豆覺得屍骨看起來鬼鬼祟祟，平時不走路時的身形，就很像是屍骨模樣，如今看他這樣走路，於是逗趣打笑說：「七月半沒到，你裝鬼嚇人啊！」

「凡事總是要小心一點，尤其是像我這種會做大事的人，走路當然更不一樣。」屍骨牛頭不對馬嘴的回答，阿豆沒有搭腔下去，他們不再抬槓鬼樣子的話題。

「會發財的大事嗎？」好奇摸著頭，身形猥瑣正在講話的人，正是奇頭。人如其名，奇頭在高中時，上課常會好奇地摸著頭向老師提問，問到老師都懶得理他，老師給他取了個綽號「奇頭」。

「不發財找你們來幹嘛！」屍骨說。

整個下午，三個人窩在茶坊交頭接耳，泡茶聊大事，沒人知道他們要幹什麼大事。

之後幾天，奇頭常泡在海邊撿漂流木。遠處，碧海藍天一線天，沙灘上滿布著廢棄的輪胎皮，空酒瓶罐，爛掉的破帆布……退潮後，沙灘上留下成堆的垃圾。除了遠際點點小船，散落在汪洋大海之外，實在沒有什麼美景可看。海水浴場已經荒廢了，沿著海岸線走去，皆是無止盡的水泥消波塊，偶而會出現零零星星的釣客，烈日下，像是一棵棵戴著帽子的枯木，栽在消波塊上。

奇頭是個室內裝潢師傅，沒有工作的時候，喜歡搜集些古物或是漂流木、石頭之類的東西，搭配裝潢使用。最近，奇頭常帶著二個小兄弟一起在海邊遊蕩。忠毅和阿峰是高職汽修科的同班同學，他們對修車沒有一丁點的興趣，正值叛逆青春期，翹課、泡馬子、抽菸、喝酒，一樣沒少。自然而然，哥倆好也不用畢業，直接把學校給開除了。輟學後，跟爸媽說是向奇頭學漂流木的室內裝潢技術，實際上不過是奇頭的跟班小弟。

屍骨說要幹件天下大事，奇頭打算帶著這二個小幫手參與。奇頭明白古語不可使知之的道理，所以不會跟忠毅、阿峰講下星期要幹什麼大事，只告訴他們坐在車上就好了。「我會輕輕去撞她的車子，她會下車查看或是理論，這時候你們把她推到路上就可以。」奇頭粗略輕描淡寫小幫手的任務。

忠毅好奇到底配合幹些什麼事，想要問詳細點，奇頭只說小孩子有耳沒嘴，不要問那麼多。不好再多講細問，只得閉嘴，忠毅雖然正值十七、八歲愛玩的年紀，還幹不出什麼傷天害理的事。阿峰不一樣，這年輕人曾在學校拿磚頭砸同學，那股狠勁，忠毅是沒得比的。

◇

那天離開茶坊後，屍骨驅車前往前妻淑俐上班的地方。淑俐之前向他催討小孩的扶養費和贍養費的事，都無著落，不是避而遠之就是推三阻四。怪了，屍骨會主動找她討論贍養費的事，令她有點意外。

「終於想通要給贍養費了，良心發現啦？」淑俐略帶諷刺的口吻，發洩過往的不滿。

「最近接了一個工作，應該會拿到一百萬，我給妳六十萬，這樣可以吧？我下禮拜先給妳三十萬，另外三十萬，明年拿到尾款再給妳。」屍骨一副很有誠意的樣子，他向淑俐說有個小工程款的收入。離婚後，屍骨第一次對淑俐表現出那麼誠懇的態度，和過往比起來，簡直是天差地別。

二人結婚七年，屍骨有了外遇，為了這問題吵得不可開交，終究離婚收場。二人的小孩才幼稚園大班，離婚後跟著淑俐。屍骨幾個月才給淑俐幾千塊生活費，讓她感到相當不滿，雙方為了錢的事情吵架不下數十次。淑俐催討小孩的生活費，屍骨經常在電話裡大呼小叫說一毛不給。這次，他竟主動說要給錢，淑俐當然不會拒人於千里之外。便利商店外面的圓型小桌，放著二罐啤酒，他們邊喝飲料邊聊著天。

「下週末我剛好到湖口收一筆款，就約在那兒好了。」屍骨先開口說給錢的事。

「你確定會先給我三十萬哦？」

「廢話！我不給妳，妳讓我屍骨無存，這樣可以吧！」

「你屍骨不值錢啦！約在那裡？」

「妳記不記得楊湖路那個池塘的路邊有棵老樹？」

「記得啊！」

「我大約三、四點會拿到錢，就約下禮拜六下午五點左右，在那棵老樹下，妳車就停在路邊等我。」

淑俐不瞭解，什麼原因讓屍骨對待自己的態度，起了一百八十度的轉變。寧願相信人性本善，「也許他覺得對不起孩子，也許他想為過去的錯誤作些彌補。」她心裡這麼想著。

離婚前那段日子，吵得天翻地覆的，東西能摔的都摔了，相互間不好聽的話都講得差不多了，只要想起那段不堪回首的歲月，就讓淑俐感到害怕。恢復了自由身，有如雨過天晴的彩虹人生，清新爽朗燦爛繽紛。淑俐常向屍骨抱怨總不能用空氣養小孩，他僅僅當這些話像耳邊風。她和屍骨間僅存如絲般的連繫，不過是金錢罷了。淑俐希望他能幫忙分擔養育小孩的費用，他總是逃之夭夭，避而不見，能躲多遠就躲多遠。

屍骨與淑俐都是獅子座的個性，這樁婚姻註定觸礁。這種先天決定論的看法，還真是巧合。雙方強勢的個性，僅是彼此不能包容的藉口，互相失去愛的感覺，吵到雙方心神都麻木，恨意取代了愛意，終局離婚收場。屍骨出乎意料的主動來找她，淑俐只當是他贖罪的開始，但這是她片面的想法，沒有告訴任何人。

週末來臨的前一夜，屍骨、阿豆、奇頭相約到ＫＴＶ狂歡，慶祝明天的大事。奇頭打電話叫忠毅、阿峰一同過來熱鬧，二個小夥子不想錯過有傳播妹的場合，火速從家裡找個理由溜了出來。為了明日的行動，屍骨分別拿了幾萬塊給阿豆和奇頭，還說明天他會租好車子，其餘再電話聯絡。唱歌結束，酒酣耳熱準備離去之際，奇頭叫忠毅、阿峰明天中午先來找他，不要忘了明天下午的大事。

忠毅想起來可能要負責推人，覺得有點奇怪，就開口問說：「大哥，到底要幹什麼，推那女的幹嘛？」奇頭二話不說，一巴掌硬生生地呼在忠毅的臉上。「問你媽個頭，肏你媽的屄，早就叫你不要問了，你還問。」奇頭看起來很火大。場面有點尷尬，忠毅、阿峰都嚇了一跳，屍骨見狀趕緊打圓場，叫他們二個人先騎車回家。

◇

約定好的那天下午，淑俐開著她的小喜美載著小孩，準備去湖口向屍骨拿贍養費。下了楊梅交流道後轉進楊湖路，天氣陰冷，還起了薄薄的霧，沒什麼人車。平日這條路就鮮少行人，週末傍晚更是冷清，她怕遲到，四點多就到了約定好的老樹下，將車子停在路邊等待屍骨。

才停沒一下子，有輛車就從後面撞上淑俐的小喜美，不是非常大力，不過這突如其來的一撞，還是讓淑俐給嚇了一跳，更覺得莫名奇妙，心想停在路邊也會有事。她叫小孩待在車上，自個兒下車去理論，看見那輛車上有二個人。奇頭坐在駕駛座，阿峰下車和淑俐說視線不良才會撞到她的車，表現出一副不好意思的樣子。阿峰刻意站在靠馬路內側說話，對於賠償的事，支吾其詞，一點沒有要賠償的意思，淑俐當然不會同意，阿峰藉故淑俐想要獅子大開口，用力推了她一把，就這樣把她推到路中央。此際，一輛車急駛過來，把淑俐給撞到在地，阿豆坐在駕駛座，往後照鏡看了看，倒車檔迅速一打，油門猛力踩下去，後車輪狠狠地朝淑俐的腹部輾了過去，阿豆被淑俐的慘叫聲給嚇了一跳，右手趕緊將排檔桿往前撥，緊張逃離現場。

這時，阿峰也上了奇頭的車，二輛車就這麼急急忙忙地開走。沒料到，開沒幾百公尺，阿豆竟失神慌亂撞到路邊的電線桿，滿頭是血又上肢骨折，奇頭把阿豆拉出來，發現傷得不輕，只好把他載去附近的醫院。

往醫院的路上，奇頭打電話給屍骨，告知任務完成，也說明阿豆因為出了車禍，車輛還留在案發現場附近。屍骨一聽，心想完蛋了，本來以為天衣無縫的計畫，竟因阿豆的車禍，可能破局，講完電話他跌坐在地上，喃喃自語說：「媽的，完了，完了。」

接到路人報案，警察及救護車隨後趕到案發現場，淑俐早已氣絕身亡。車上孩子，目睹媽媽被撞的整個過程，僵硬冰冷的身子直發抖啜泣。警察不斷地安慰，停止不了孩子心中不斷放送那恐懼的一幕。

那天夜裡，屍骨在家裡喝農藥巴拉刈，被家人發現送去醫院。警察從撞到電線桿的那輛車，查到是屍骨向租車行租來的車子，去他家裡訪查，家人說屍骨喝農藥自殺，人在醫院。警察趕去醫院，發現他已奄奄一息，巴拉刈將他的喉頭、氣管燒灼，講起話來氣若游絲，警察的問話，幾乎不能回答。人之將死，其言也善，他用盡殘餘絲絲的氣力，告訴警察實情。隔日，屍骨還是命赴黃泉。

另一組警察，在案發現場附近，檢查撞擊電線桿的那輛車，駕駛座有不少的血跡，很快地也在附近的醫院逮捕了阿豆。有了屍骨的自白及阿豆的筆錄，沒幾天，警察也抓了奇頭及阿峰。

案件在法院審理，奇頭、阿豆、阿峰都否認有殺人之意，辯稱是幫屍骨討債，阿豆甚至說是因為淑俐被撞後卡在車下方，才會不小心倒車壓到人。法官沒有相信。倒車輾壓淑俐的殺人罪成立，三人均判有罪，全都入監服刑。

忠毅去少年監獄看阿峰的時候，阿峰淚流滿面，哽咽地說：「非常後悔當初沒有聽你的話，還是跟去了，今天才會落得如此下場。」離開監獄後，忠毅覺得那巴掌，真是打醒了他，把他的人生給打活了。忠毅實實在在地感受到人間事，福禍難說。

為了查明屍骨犯案動機，刑警去屍骨的房間搜索，推開房門一片幽暗凌亂，在牆上找到電燈開關。點亮房間後，看見一個巴拉刈的空瓶，倒置在書桌上，與旁邊的檯燈相襯之下，顯得相當突兀。空瓶子下面壓了幾份文件。刑警把巴拉刈的空瓶拿開，文件封面上意外險保險契約幾個字，映入刑警眼簾。

屍骨以淑俐為意外險的被保險人，案發前買了這些保險。刑警拿起這幾份文件檢視，共五份意外險保險契約，保險金額總計五千萬元。刑警看到保險受益人欄「秦詩湖」三個字，覺得格外諷刺。

刑警將保險契約放進證物袋裡，關了燈，快步離開這陰森森的房間。

追伸

【保險】

保險是指以保險事故發生與否，由保險人給付受益人一定金額的契約，保險事故是無從預測，如果可以預知就不用保險了。為了避免有人故意製造保險事故，詐騙保險金，保險契約原則上會規定，若保險事故由要保人故意造成的，保險人無需為保險給付。例如：俗稱「金手指事件」，就是要保人投保鉅額保險後，故意把自己搞殘，向保險公司詐騙保險金。自殘所造成的保險事故，保險公司是不會賠償的。

類似殘害自我或至親，詐領保險金的案件，時有所聞，一般人難以理解這些人的心態。實際上，人活在這個世界上，生下來成為「動物人」，隨著受外在環境影響走向「文化人」的階段，更高階進而為「神格人」。然而，這世界有多少文化人呢？若僅僅保留人的軀殼，卻喪失了人性，難保不會作出獸性一般的行為！

STORY系列029

判罪：八張傳票背後的人性糾結

作者—鄧湘全
主編—陳信宏
責任編輯—王瓊苹
美術設計—海流設計
內頁排版—極翔企業有限公司

董事長—趙政岷
出版者—時報文化出版企業股份有限公司
一〇八〇一九臺北市和平西路三段二四〇號三樓
發行專線—（〇二）二三〇六六八四二
讀者服務專線—（〇八〇〇）二三一七〇五・（〇二）二三〇四七一〇三
讀者服務傳真—（〇二）二三〇四六八五八
郵撥—一九三四四七二四　時報文化出版公司
信箱—一〇八九九臺北華江橋郵局第九九信箱
時報悅讀網—http://www.readingtimes.com.tw
電子郵件信箱—newlife@readingtimes.com.tw
時報出版愛讀者粉絲團—http://www.facebook.com/readingtimes.2
法律顧問—理律法律事務所 陳長文律師、李念祖律師
印刷—勁達印刷有限公司
初版一刷—二〇一九年十月十一日
初版三刷—二〇二二年一月十八日
定價—新臺幣三二〇元

時報文化出版公司成立於一九七五年，
並於一九九九年股票上櫃公開發行，於二〇〇八年脫離中時集團非屬旺中，
以「尊重智慧與創意的文化事業」為信念。

判罪：八張傳票背後的人性糾結 / 鄧湘全著. -- 初版. -- 臺北市：時報文化, 2019.10
面；　公分. -- (Story系列；29)
ISBN 978-957-13-7977-7 (平裝)

863.57　　108015934

ISBN 978-957-13-7977-7
Printed in Taiwan